33 डरावनी कहानियाँ – भाग 1

अंधकार के बाद अंधकार: डरावनी लघु कहानियों का संग्रह

टाटिया क्विकविनिया

सामग्री सूची:

लेखक की टिप्पणी

प्रिय डरावनी कहानियों के प्रेमी, डर की इस दुनिया में आपका स्वागत है!

बचपन से ही मैं डरावनी कहानियों का शौक़ीन रहा हूँ। इसलिए मैंने सोचा, क्यों न इस शैली की कुछ लघु कहानियाँ आपके साथ बाँटी जाएँ।

इनमें से अधिकतर कहानियाँ मेरी कल्पना से जन्मी हैं, पर कुछ सच्ची घटनाओं पर भी आधारित हैं। कौन सी सच्ची हैं और कौन सी नहीं? यह रहस्य आपको ही सुलझाना है।

अब जब आप ये पंक्तियाँ पढ़ रहे हैं, तो जान लीजिए कि आप मेरे सबसे पसंदीदा पाठक हैं।

और क्योंकि आप मेरे लिए इतने खास हैं, मैं आपको एक सलाह देना चाहता हूँ—कहानियाँ एक साथ बहुत ज़्यादा मत पढ़िए। धीरे-धीरे, आराम से पढ़िए।

कम समय में बहुत ज़्यादा डरावनी कहानियाँ पढ़ने से नकारात्मक ऊर्जा का असर हो सकता है, और फिर हो सकता है आपको अजीब चीज़ें दिखने या सुनाई देने लगें...

तो अब, बस आनंद लीजिए!

•1•

जिज्ञासु पाठक

यह 5 नवंबर की एक धुँधली दोपहर थी। एक किशोरी, एमिली, अपने तीन-मंज़िला घर के ठंडे अटारी कमरे में बैठी थी—हालाँकि यह उसकी अपनी मर्ज़ी से नहीं था—उसे माता-पिता ने कर्फ्यू तोड़ने की सज़ा दी थी। भारी ऊब और बेचैनी में, एमिली ने पुरानी, धूल जमी हुई चीज़ों के ढेर में टटोलना शुरू किया। तभी उसकी नज़र एक चमड़े की जिल्द वाली डायरी पर पड़ी, जिसके कवर पर फीकी स्याही में लिखा था—"मत पढ़ो।"

शुरुआत में एमिली ने चेतावनी को गंभीरता से लिया और डायरी को वापस रख दिया, लेकिन जैसे-जैसे घंटे बीतते गए और उसकी बोरियत और बढ़ गई, उसकी जिज्ञासा उस पर हावी हो गई। उसने झिझकते हुए पुरानी डायरी को खोला, उसके पीले पड़ चुके पन्ने पलटे, और देखा कि ज़्यादातर पन्ने खाली थे—सिवाय आख़िरी तीन के, जो आज की तारीख, यानी 5 नवंबर से शुरू हो रहे थे।

रुचि जागी, एमिली ने पहला वाक्य पढ़ना शुरू किया:

"कितना भयानक दिन था!"

"सबसे पहले, मैं स्कूल के लिए देर से पहुँची, और उस बदबूदार औरत ने पूरी क्लास के सामने मुझे 15 मिनट तक डाँटा! कितनी शर्मनाक बात थी वो! फिर, जैसे सुबह की बेइज़्ज़ती ही काफी नहीं थी, मेरा बेवकूफ़ बॉयफ्रेंड मेरे स्कर्ट की लंबाई पर बहस करने लगा—मतलब, तू मेरा बाप है क्या? और तो और, मुझे दुकान से कम पैसे वापस मिले, सीढ़ियों पर गिर गई, और अब यहाँ हूँ, इस गंदी अटारी में, बिना मतलब की सज़ा भुगतते हुए। क्या दिन है ये! इससे बदतर कुछ हो सकता है क्या?"

एमिली दंग रह गई कि उसने जो कुछ पढ़ा, वह उसके दिन से कितना मेल खा रहा था।

"कितना रिलेटेबल! कमाल है! ऐसा लग रहा जैसे ये सब मैंने ही लिखा हो!"

फिर उसने अगला पन्ना खोला:

"अब और बर्दाश्त नहीं होता! मेरा ये बेवकूफ़ बॉयफ्रेंड मुझे इग्नोर कर रहा है! शायद मुझे उससे ब्रेकअप कर लेना चाहिए... खैर, एक बड़ा लाल ट्रक मुझ पर कीचड़ उछाल गया और मेरी सबसे पसंदीदा जीन्स बर्बाद हो गई। लेकिन वो कुछ भी नहीं था उस चीज़ के सामने जो इसके बाद हुआ: घर लौटते समय मुझे लगा कि कोई मेरा पीछा कर रहा है।"

कहानी में डूबी एमिली को रसोई से अपनी माँ की आवाज़ सुनाई दी—सज़ा खत्म हो गई थी और अब वह डिनर के लिए नीचे आ सकती थी। एमिली ने खुश होकर डायरी बंद की और उसे अपने बेडरूम में ले गई, यह सोचकर कि अगली सुबह वह इसे आगे पढ़ेगी।

6 नवंबर की सुबह आई, और जैसे-जैसे दिन बीता, एमिली बेचैन होती गई। उसकी ज़िंदगी और डायरी की बातें जिस तरह से मेल खा रही थीं, वह डरावना था: पहले, उसका बॉयफ्रेंड जेक ने उसे पूरा दिन इग्नोर किया। फिर, उसकी पसंदीदा जीन्स पर कीचड़ लग गया, और...

"...लेकिन वो कुछ भी नहीं था उस चीज़ के सामने जो इसके बाद हुआ: घर लौटते समय मुझे लगा कि कोई मेरा पीछा कर रहा है,"

एमिली को वो वाक्य याद आया और वह डर के मारे सिहर उठी।

वह तेज़ कदमों से घर की ओर बढ़ी, बार-बार पीछे झाँकती रही और सच में एक कोने में किसी साए को खड़ा पाया, जो ज़रूर उसका पीछा कर रहा था।

वह घबरा कर घर की ओर भागी, दिल तेज़ी से धड़क रहा था। सबसे पहले उसने अपने कमरे में जाकर डायरी खोजनी शुरू की, लेकिन वह कहीं नहीं मिली।

"कहाँ गई ये?!" एमिली झल्लाई, और उसने कमरे का और भी बुरा हाल कर दिया।

"क्या ढूंढ रही हो?" उसकी माँ की आवाज़ आई, जो दरवाज़े के पीछे झाँक रही थी।

"माँ, क्या आपने या किसी और ने मेरे कमरे से कुछ लिया है?"

"नहीं, किसी ने तुम्हारे कमरे को हाथ तक नहीं लगाया। लेकिन मैं ज़रूर सफाई करूँगी, लेकिन फिर तुम्हें अच्छा नहीं लगेगा!"

एमिली निराश होकर आधी रात तक ढूँढती रही, और अंत में हार मानकर आखिरी उम्मीद के तौर पर अटारी में गई।

अटारी हल्की चाँदनी में डूबी थी। और वहाँ, अपने पुराने स्थान पर ही उसे डायरी दिखाई दी।

उसने घबराकर इधर-उधर देखा—डर था कि कहीं माँ उसे इस समय अटारी में न पकड़ ले। घड़ी में 12 बज चुके थे, और माँ ने साफ़ कहा था कि वह उसका कमरा चेक करेगी, इसलिए उसे जल्दी करनी थी।

एमिली ने आखिरी पन्ना खोला, जिस पर तारीख थी—7 नवंबर।

वहाँ लिखा था:

"काश मैंने अपने माता-पिता की बात मानी होती। रात में अटारी में आना बहुत बड़ी भूल थी। मुझे बहुत डर लग रहा है। मुझे पता है कि कुछ भयानक होने वाला है।"

एमिली की रूह काँप गई। उसने पढ़ना जारी रखा—

"अब मैं क्या करूँ? मैंने अभी-अभी देखा कि मेरे पास एक आदमी की परछाईं है... और उसके हाथ में चाकू है!"

सन्न, डरी हुई एमिली ने बगल में देखा—वहाँ सचमुच एक काली आकृति थी, जिसके हाथ में कुछ चमकता हुआ था।

दहशत में, उसने फिर डायरी की ओर देखा—और वहाँ आखिरी पंक्ति उभर रही थी, ताज़ा लिखी हुई:

"तुम डायरी क्यों देख रही हो? पीछे देखो।"

•2•

अब सच्चाई जानने का समय है

एथन अभी-अभी एक आकर्षक नए अपार्टमेंट में शिफ्ट हुआ था, जो एक ऊँची इमारत में था। अपार्टमेंट उजला था और उसके ऑफिस के बेहद करीब—बिलकुल वैसा जैसा उसने हमेशा सपना देखा था। हाल ही में उसने अपनी पुरानी नौकरी छोड़ दी थी, जिसमें उसका बॉस किसी बुरे सपने से कम नहीं था। अब वह इस नए अध्याय की शुरुआत को लेकर बेहद उत्साहित था।

लेकिन रात होते ही एक अजीब सी बात उसका ध्यान खींचने लगी। उसके बेडरूम की खिड़की से सामने वाली इमारत के एक अपार्टमेंट की खिड़की साफ़ दिखती थी—और वहाँ, हल्की रोशनी के बीच, एक काली परछाई स्थिर खड़ी रहती—जैसे कोई इंसान बिना हिले-डुले उसकी ओर देख रहा हो।

एथन हर रात उस परछाई को नजरअंदाज़ करने की कोशिश करता, लेकिन बेकार। सुबह तक सामने वाले अपार्टमेंट की खिड़कियों पर परदे लगे होते, और दिन में कुछ भी दिखाई नहीं देता था। समय बीतता गया, लेकिन वह परछाई एथन के दिमाग से नहीं निकली—अब वह नींद भी खोने लगा था।

इसी बेचैनी के बीच, उसे अपने मकान मालिक का एक वॉयस मैसेज मिला:

"ओह, वो तो वैक्स फिगर है। सामने वाली बिल्डिंग में एक आर्ट गैलरी है। मैं खुद एक प्रदर्शनी में गया था—वहाँ की मोम की मूर्तियाँ तो कमाल की थीं। जैसे ज़िंदा हों! काश, फिर से जाने का समय मिल पाता।"

एथन ने राहत की सांस ली और खुद पर हँस पड़ा, "तो बस एक मोम की मूर्ति है। फिर भी... थोड़ा डरावना तो है। ख़ैर, प्रदर्शनी कभी तो खत्म होगी।"

लेकिन हफ्ते बीत गए, और वह परछाई अब भी हर रात वहीं खड़ी दिखाई देती रही। कई बार एथन नींद में हड़बड़ा कर उठता, जैसे कोई उसे घूर रहा हो।

एक शनिवार की सुबह, उसने फैसला किया कि अब और नहीं। वह उस इमारत में गया। भव्य लॉबी में पहुँचकर, वह रिसेप्शन डेस्क पर गया, जहाँ एक मंझले उम्र का आदमी यूनिफॉर्म में खड़ा था।

"माफ़ कीजिए," एथन ने सहजता से कहा, "12वीं मंज़िल की जो प्रदर्शनी है, वो कब खत्म हो रही है?"

वह आदमी चौंका, फिर बोला, "प्रदर्शनी? अरे, वो तो तीन महीने पहले ही खत्म हो गई। वो अपार्टमेंट तो खाली है—अब किराए पर है, थोड़ी मरम्मत की ज़रूरत है बस।"

"ऐसा है क्या? मैं उसे किराए पर लेने में रुचि रखता हूँ। क्या मालिक से या एजेंट से संपर्क हो सकता है?"

"मैं एजेंट को कॉल कर देता हूँ। आज शाम मिल सकते हो?"

"हाँ, बिल्कुल। धन्यवाद।"

शाम होते-होते सूरज डूबने को था, जब एथन एजेंट के साथ उस अपार्टमेंट में पहुँचा। अंदर कोई फर्श नहीं था, दीवारों से वॉलपेपर झड़ रहे थे, और खिड़की पर एक सस्ता, सफेद कपड़ा पर्दे की तरह लटक रहा था।

"क्या हाल ही में कोई इस अपार्टमेंट में आया है?" एथन ने पूछा।

"संभव नहीं," एजेंट ने कहा। "चाबी सिर्फ मेरे पास है। मालिक विदेश में हैं, और जैसा आप देख सकते हैं, सिक्योरिटी सिस्टम भी काफी मजबूत है।"

"अजीब है... क्या मैं खिड़की से बाहर देख सकता हूँ?"

"ज़रूर," एजेंट ने इशारा किया।

एथन झिझकते हुए खिड़की की ओर बढ़ा, सफेद कपड़े को धीरे से हटाया, और अपने अपार्टमेंट की ओर देखा।

कुछ गड़बड़ थी—उसे याद था कि वह घर से निकलने से पहले बेडरूम के परदे बंद करके गया था, लेकिन अब वे पूरी तरह खुले थे।

उसने आँखें निचोड़ कर ध्यान से देखा—और उसका दिल धड़कना बंद हो गया।

उसके बेडरूम में वही काली परछाई खड़ी थी—बिलकुल वैसी ही, जैसी वह हर रात सामने वाली खिड़की में देखता था।

एथन पीछे हटा... लेकिन ठिठक गया—क्योंकि अब उस परछाई ने हल्के से अपना बायाँ हाथ उठाया... और हिला दिया।

•3•

एलिसिया

पाँच साल की नीना अपनी अकेली माँ के साथ शांत पहाड़ियों के बीच बसे एक साधारण से कॉटेज में रहती थी। उस बस्ती में नीना की उम्र के बहुत कम बच्चे थे, और चूँकि वह अभी स्कूल जाने के लिए बहुत छोटी थी, ज़्यादातर समय वह अकेले ही खेलती थी। फिर भी, नीना को कभी अकेलापन महसूस नहीं हुआ—और इसका श्रेय जाता है एलिसिया को, उसकी प्यारी गुड़िया को।

नीना के लिए एलिसिया सिर्फ़ एक खिलौना नहीं, एक सच्ची दोस्त और हमसफ़र थी। वह गुड़िया कभी नीना से दूर नहीं होती—नीना उसे हर जगह साथ ले जाती। नीना की माँ, एमिली, कभी-कभी अपनी बेटी को एलिसिया से इस तरह बात करते सुनती जैसे वह कोई असली इंसान हो। नीना अक्सर अपनी माँ को एलिसिया की बताई बातें बताती—जैसे कि वह बहुत दूर देश "ऐगमोर" में पैदा हुई थी, उसके पसंदीदा रंग कौन-से हैं, और उसे कॉफी की खुशबू कितनी अच्छी लगती है।

एमिली ने इन बातों को बच्चों की कल्पना मानकर नज़रअंदाज़ कर दिया। लेकिन जैसे-जैसे नीना बड़ी होती गई, उसकी एलिसिया के प्रति दीवानगी और गहरी होती गई—यह देखकर एमिली को चिंता होने लगी।

जब नीना छह साल की हुई, तो एमिली ने फैसला किया कि अब इस लगाव को खत्म करना ज़रूरी है। शुरुआत में उसने नरम रवैया अपनाया—नई-नई गुड़ियाएँ और खेल सुझाए—लेकिन नीना का दिल सिर्फ़ एलिसिया में ही लगा रहा। आख़िरकार, हार मानकर, एक रात

एमिली चुपचाप नीना के कमरे में गई, एलिसिया को उठाया और उसे अटारी में छुपा दिया।

अगली सुबह, जब नीना ने देखा कि एलिसिया गायब है, तो वह बुरी तरह टूट गई और पूरा दिन चुपचाप बैठी रही। एमिली को अपराधबोध हुआ, लेकिन उसने सोचा कि ये नीना के भले के लिए है। शायद वह धीरे-धीरे अपनी गुड़िया को भूल जाएगी।

लेकिन उसी दोपहर, जब एमिली ने नीना को आँगन में एलिसिया को गोद में लिए बैठे देखा, तो वह दंग रह गई।

"तुमने उसे कहाँ से पाया?" एमिली ने हैरानी से पूछा।

"एलिसिया ख़ुद वापस आई," नीना ने शांत स्वर में कहा। "उसने मुझसे वादा किया था कि वो मुझे कभी नहीं छोड़ेगी, और अब कोई भी हमें अलग नहीं कर सकता।"

एमिली का दिल कांप गया। उसे एहसास हुआ कि सिर्फ़ छिपा देना काफ़ी नहीं, अब एलिसिया से छुटकारा पाना ही पड़ेगा। उसी रात, वह चुपचाप शेड में गई, एलिसिया को रखा और उसे आग के हवाले कर दिया।

जैसे ही गुड़िया जलने लगी, एक चीख गूंजी—"नहीं!"

आवाज़ नीना जैसी ही थी—लेकिन नीना तो ऊपर अपने कमरे में सो रही थी... है ना?

अगली सुबह, एमिली ने दिल कड़ा करके नीना की प्रतिक्रिया का इंतज़ार किया। लेकिन नीना शांत थी—कुछ ज़्यादा ही शांत।

"नीना बेटा, तुम ठीक हो?" एमिली ने चिंतित होकर पूछा।

नीना ने उसे एक अजीब, ठंडी नज़र से देखा और बोली, "मैं नीना नहीं हूँ। मैं एलिसिया हूँ।"

एमिली ने हँसते हुए टालने की कोशिश की, "ऐसा मत कहो, मेरी प्यारी। मज़ाक कर रही हो?"

लेकिन बच्ची ने एक अजनबी आवाज़ में, गंभीरता से जवाब दिया, "मैं मज़ाक नहीं कर रही। तुमने नीना को जलाया था—कल रात। उसे शेड में ले गईं, उस पर ईथेनॉल डाला, और आग लगा दी... क्या तुम्हें याद नहीं?"

एमिली सन्न रह गई। उसके शरीर में झुरझुरी दौड़ गई, माथे पर पसीना छलक आया।

"ये शायद कोई अजीब सपना रहा होगा..." वह बड़बड़ाई। "मैं... मैं जाकर कॉफी बनाती हूँ।"

वह जल्दी से कमरे से बाहर निकल गई, दिमाग में हलचल मच गई थी, और तर्क ढूँढ़ने की कोशिश करने लगी।

"बहुत अच्छा। मुझे कॉफी की खुशबू बहुत पसंद है," एमिली ने दरवाज़ा बंद किया ही था कि पीछे से वही आवाज़ सुनाई दी...

उस दिन के बाद से, जब भी एमिली अपनी बेटी की ओर देखती, एक गहरा डर उसके दिल में समाया रहता।

कभी-कभी वह खुद से पूछती: क्या वो वाकई नीना को देख रही है—या कोई और... या कुछ और?

•4•

टैक्सी राइड

हैंक एक ठंडी पतझड़ी रात को टैक्सी की ड्राइवर सीट पर बैठा हुआ था, दिन की आखिरी सवारी का इंतज़ार कर रहा था ताकि फिर घर लौट सके। उसने गाड़ी स्टेशन के पास खड़ी की थी, और जैसे ही उसने सिगरेट सुलगाई, उसकी नज़र पिछली सीट पर बैठी एक अधेड़ उम्र की महिला पर पड़ी।

"कहाँ चलना है?" हैंक ने अपनी टोपी ठीक करते हुए पूछा।

"1657 वेस्टफ़ील्ड लेन," महिला ने धीमी आवाज़ में जवाब दिया।

सड़क के किनारे खड़े पेड़ हवा में झूम रहे थे, पत्तों की सरसराहट सुनाई दे रही थी जब वे उन कम रौशनी वाली गलियों से गुज़र रहे थे। वेस्टफ़ील्ड तक का सफर लंबा था। कुछ मिनटों की चुप्पी के बाद, हैंक ने बात शुरू करने की कोशिश की।

"लंबी रात है, है ना?" उसने रियरव्यू मिरर से महिला की ओर देखा।

महिला खिड़की के बाहर एकटक देख रही थी, उसकी नज़रें क्षितिज की ओर खोई हुई थीं।

"मैं... बस खो गई हूँ," वह बुदबुदाई।

"मुझे अपने परिवार से मिलना है। मुझे उन्हें ढूंढना है।"

हैंक ने भौंहें चढ़ाईं और महिला की ओर देखा। उसे कुछ अजीब लगा। महिला की आँखें सुनी-सुनी थीं, और उसका पीला चेहरा चाँदनी में हल्का चमक रहा था। हैंक को अक्सर अजीब सवारियाँ मिलती थीं, और उसके अनुभव ने उसे चेतावनी दी कि यह वैसी ही एक रात है।

सावधानी बरतते हुए, हैंक ने टैक्सी के दरवाज़े एक क्लिक में लॉक कर दिए। उसे पैसों की ज़रूरत थी और वह नहीं चाहता था कि महिला बिना किराया दिए निकल जाए।

जैसे-जैसे वे आबादी वाले इलाकों से दूर जाते गए, स्ट्रीट लाइट्स कम होती गईं और अंधेरा उन्हें निगलने लगा। शहर की आवाज़ें धीरे-धीरे खत्म हो गईं, और उनकी जगह ले ली एक गहराती खामोशी ने। घना कोहरा पूरे रास्ते को ढक रहा था, जिससे ड्राइव करना मुश्किल हो गया था।

"लगभग पहुँच ही गए हैं," हैंक ने कहा, आँखें सिकोड़ते हुए सामने देखने की कोशिश करते हुए।

वे जल्द ही उस पते पर पहुँच गए जो महिला ने बताया था, लेकिन वहाँ पहुँचकर हैंक दंग रह गया—वह एक कब्रिस्तान के गेट के सामने खड़ा था।

उसने चारों ओर ध्यान से देखा और जैसे ही वह पूछने के लिए मुड़ा कि क्या यही मंज़िल है, उसे एक धीमी सी फुसफुसाहट सुनाई दी:

"धन्यवाद।"

हैंक ने पलकें झपकाईं, एक अजीब सा सुकून और डर का मिश्रण उसके अंदर उठ रहा था।

"क्या आप सच में यहीं उतरना चाहती हैं?" उसने पूछा और रियरव्यू मिरर में देखा—लेकिन पीछे की सीट खाली थी।

हैंक ने घबराकर पीछे पलटकर देखा, सोचते हुए कि कहीं उसे भ्रम तो नहीं हुआ। लेकिन सीट खाली ही थी... और सभी दरवाज़े अब भी लॉक थे।

"अब वाकई रिटायर होने का वक्त आ गया है," हैंक बड़बड़ाया, और पूरी रफ्तार से गाड़ी मोड़कर उस जगह से निकल गया।

•5•

मुस्कान

मुझे अंतिम संस्कार जैसे समारोह पसंद नहीं हैं। सच कहूँ तो, मुझे उनसे नफ़रत है—ख़ासकर वे, जिनमें मृत शरीर खुले ताबूत में रखे जाते हैं। आखिर इनकी ज़रूरत ही क्या है? क्या यह बेहतर नहीं होता कि हम किसी को ज़िंदा अवस्था में जैसे थे, वैसे ही याद रखें? हमें उनके निस्पंद शरीर को देखने की क्या ज़रूरत?

उदाहरण के तौर पर, दो दिन पहले मेरे पड़ोसी और पारिवारिक मित्र जिमी का निधन हो गया। जिमी एक नेकदिल इंसान था—कभी भी किसी की मदद करने से पीछे नहीं हटता। उसमें ऐसा आकर्षण, हाजिरजवाबी और ह्यूमर था कि वह किसी से भी दोस्ती कर सकता था। हर कोई उसे पसंद करता था, और मैं भी अपवाद नहीं था। उसका वियोग मेरे लिए भी कठिन था, और उसके अंतिम दर्शन में जाना—जो हमारी गली के आख़िरी छोर पर स्थित एक छोटी, पुरानी-सी चैपल में हुआ—और भी कठिन। पूरे हॉल में लिलियों की गंध और धीमे, उदास भजनों की ध्वनि गूंज रही थी।

अब मैं जिमी के लकड़ी के ताबूत के पास खड़ा हूँ। उसकी फैमिली ने मुझसे अनुरोध किया कि जब तक वे बाहर जाकर आने वालों का स्वागत कर रहे हैं और अंतिम विदाई के लिए साहस जुटा रहे हैं, मैं कुछ देर के लिए चैपल में अकेले जिमी के साथ रहूँ। यह उनके लिए भी मुश्किल है... और मेरे लिए भी।

जिमी, जब ज़िंदा था, तो बेहद खुशमिज़ाज इंसान था—हमेशा ऊर्जा और सकारात्मकता से भरा हुआ। मैंने कभी उसके चेहरे पर चिंता की लकीर तक नहीं देखी, सिर्फ़ उसकी वही हमेशा की मुस्कान। जब भी वह किसी

सभा में आता, सबका मूड बदल जाता। कोई भी कहानी वो इतनी दिलचस्पी से सुनाता कि लगता जैसे हम कोई नाटक देख रहे हों।

उसकी बातें, उसके हाव-भाव, और यहां तक कि उसके बनाए हुए साउंड इफेक्ट—सब कुछ इतना मज़ेदार होता कि हम हँसते-हँसते लोटपोट हो जाते। उसकी मुस्कान में दिखने वाले पूरे 32 दाँत मुझे हमेशा एक सकारात्मक ऊर्जा देते थे।

लेकिन अब, जब मैं उसके ताबूत में पड़े निस्पंद शरीर को देख रहा हूँ—जिसकी आँखें पूरी तरह खुली हैं और वह अपनी वही पुरानी, दाँत दिखाने वाली मुस्कान में जड़ा हुआ है—मुझे वही भावनाएँ नहीं आ रहीं।

और सबसे डरावनी बात? मुझे अच्छी तरह याद है कि दो मिनट पहले उसकी आँखें बंद थीं।

•6•

बचे हुए सामान

रिचर्ड स्टोन, एक नौजवान जो नया अपार्टमेंट ढूंढ़ रहा था, शहर के बाहरी इलाके के एक पुराने मोहल्ले में रहने का फैसला करता है। एक पुराने फ्लैट की कीमत बेहद आकर्षक थी, इसलिए रिचर्ड ने ज़्यादा सोचे बिना ही सौदा तय कर लिया। फिर भी, समझदारी से ख़रीदारी करने से पहले उसने मकान मालिक से कुछ सवाल पूछे — एहतियातन।

"ये अपार्टमेंट मेरी दिवंगत माँ सबरीना का था।" मालिक लेस्ली ने गहरी सांस ली और चारों ओर देखा। "चिंता मत करो। इस जगह में कोई मरम्मत की दिक्कत नहीं है। बस... कभी-कभी किसी के जाने के बाद की यादें यहां ज़िंदा रह जाती हैं, जो रह जाने वालों के लिए तकलीफदेह हो सकती हैं।"

"आपकी क्षति का मुझे दुःख है।" रिचर्ड ने थोड़ी असहजता से जवाब दिया।

"धन्यवाद। खैर, तुम्हारी ख़रीदारी की बधाई हो।"

पुराने मालिक ने नए से हाथ मिलाया, और जब वह जाने ही वाला था, तो लेस्ली को एक बात याद आई।

"अरे हाँ, मैं तो भूल ही गया! अपार्टमेंट में अब भी कुछ पुराना सामान पड़ा है, जो मेरी माँ का था। मैं उन्हें फेंकने वाला था, लेकिन तुमने इतनी जल्दी सौदा कर लिया कि मैं भूल गया। अब तुम्हें ही उन्हें बाहर फेंकना पड़ेगा। क्या यह ज़्यादा असुविधा होगी?"

"बिलकुल भी नहीं। आपका दिन शुभ हो!"

अपार्टमेंट की हालत ठीक-ठाक थी, जो राहत की बात थी, क्योंकि रिचर्ड के पास ज़्यादा पैसे बचे नहीं थे, इसलिए उसने इंटीरियर जैसा था, वैसा ही छोड़ दिया।

सामान खोलने के बाद, उसने सबसे पहले पुराने मालिकिन के सामान को देखना शुरू किया, लेकिन कुछ खास नहीं मिला — एक पुराना, धूलभरा रेडियो और एक फीकी पड़ चुकी तस्वीर — शायद सबरीना की जवानी की। रिचर्ड ने सोचा कि इन्हें फेंकने की कोई ज़रूरत नहीं, बाद में बेच देना ही समझदारी होगी, तो उसने रेडियो और तस्वीर को पैंट्री में रख दिया।

अगले शनिवार की शाम, काम से लौटकर रिचर्ड ने अपनी छोटी सी रसोई में रात का खाना बनाना शुरू किया। लिविंग रूम में टीवी चल रहा था, जिससे हल्का शोर बना हुआ था, और वह तली हुई अंडों के साथ-साथ समाचार सुन रहा था। तभी, जब वह सब्ज़ियाँ काटने के लिए चाकू उठाता है, एक अजीब और परेशान कर देने वाली आवाज़ सुनाई देती है — जैसे कि वो लिविंग रूम से आ रही हो।

रिचर्ड जाँचने गया, लेकिन वहां तो बस न्यूज़ एंकर दिन भर की ख़बरें सुना रहा था। उसने कंधे उचका दिए, टीवी बंद किया, और चुपचाप खाना खा लिया।

उसी रात, जब वह बिस्तर पर किताब पढ़ रहा था, वही अजीब, सिहरन पैदा करने वाली ध्वनि फिर से सुनाई दी — जैसे कोई रहस्यमयी धुन बज रही हो। रिचर्ड ने उस आवाज़ का पीछा किया, जो उसे पैंट्री तक ले गई। तनाव में कांपते हाथों से जब उसने पैंट्री का दरवाज़ा खोला, तो अचानक वह ध्वनि बंद हो गई।

“शायद पुराना रेडियो था,” रिचर्ड ने सोचा, और उस जर्जर रेडियो को देखा — वह तो बंद पड़ा था।

अगले दिन, पिछली रात की घटनाओं से घबराकर, रिचर्ड ने वह रेडियो एक स्थानीय प्राचीन वस्तुओं के दुकानदार को बेच दिया — बहुत ही कम कीमत पर।

सुकून महसूस करते हुए, रिचर्ड ने अपना दिन नए मोहल्ले को जानने-समझने में बिताया, जीवंत गलियों में घूमते हुए।

शाम को वह घर लौट आया और सैंडविच बनाने लगा। इस बार टीवी बंद था। वह टमाटर काट ही रहा था कि वही परिचित, डरावनी धुन फिर से सुनाई दी — पहले से कहीं ज़्यादा स्पष्ट।

जब उसे एहसास हुआ कि आवाज़ फिर से पैंट्री से आ रही है, तो उसकी रीढ़ में सिहरन दौड़ गई।

यह जानते हुए कि अब वहां बस एक पुरानी तस्वीर ही बची है, रिचर्ड ने एक हाथ में रसोई का चाकू लेकर पैंट्री का दरवाज़ा खोला — और उसके होश उड़ गए। अब तस्वीर खाली थी — फ्रेम और पृष्ठभूमि तो वैसी ही थी, लेकिन उस युवती का चेहरा गायब हो चुका था।

अगले ही पल, उसके पीछे से किसी भूतिया लोरी की आवाज़ आई। रिचर्ड चौंककर मुड़ा, चाकू हाथ में थामे — और देखा कि सबरीना की आत्मा कमरे में खड़ी थी, उसके चेहरे पर एक डरावनी मुस्कान थी, और वह लोरी गा रही थी।

अगली शाम, रिचर्ड के एक सहकर्मी ने, उसकी खैरियत जानने के लिए दरवाज़ा खटखटाया। कोई जवाब न मिलने पर उसने पुलिस को बुला लिया। कुछ ही देर में पुलिस आई और अपार्टमेंट के फर्श पर रिचर्ड की लाश मिली।

जहाँ तक सबरीना की तस्वीर का सवाल है — वह अब भी पैंट्री की दीवार पर टंगी है, और तस्वीर में उसकी आँखें अब भी चुपचाप हर अनचाहे मेहमान को घूरती रहती हैं, जैसे उन्हें कभी जाने नहीं देंगी।

•7•

दस्तक

एक दोपहर, पैट्रीशिया अपने बिस्तर पर लेटी हुई थी। वह सोशल मीडिया पर स्क्रॉल कर रही थी, अपनी आर्थिक परेशानियों से ध्यान हटाने की कोशिश में। वह उस कर्ज़ वसूली एजेंट के बारे में भी नहीं सोचना चाहती थी, जो हर महीने एक ही तारीख को आता था—और आज वही दिन था।

इस महीने फिर से उसकी तनख्वाह देर से आई थी, और वह पहले ही खर्चों को पूरा करने में मुश्किलें झेल रही थी। वह क्या कर सकती थी? आज उसका छुट्टी का दिन था, और बाहर जाने का मन बिल्कुल नहीं था। इसलिए उसने फैसला किया कि चाहे दरवाज़े पर कोई भी आए, वह नहीं खोलेगी।

समय पर, घंटी बजी। पैट्रीशिया का दिल ज़ोर-ज़ोर से धड़कने लगा, लेकिन वह अपने बिस्तर पर ही पड़ी रही, उसकी नज़रें फोन की स्क्रीन से टिकी रहीं। जब घंटी बजना बंद हुई, तो उसने राहत की साँस ली—शायद वह आदमी चला गया था।

लेकिन तभी दस्तकें शुरू हो गईं।

शुरुआत में, पैट्रीशिया ने उन्हें अनदेखा करने की कोशिश की, यह सोचकर कि अगर वह कोई प्रतिक्रिया नहीं देगी, तो वह चला जाएगा। लगातार होती दस्तकों से ध्यान हटाने के लिए उसने अपने हेडफोन लगा लिए और अपने पसंदीदा बैंड के तेज़ गानों को सुनने लगी। लेकिन दस्तकें जारी रहीं, पूरे अपार्टमेंट में उनकी गूंज फैलती रही।

घंटों जैसे लगने वाले समय के बाद, पैट्रीशिया का धैर्य टूट गया। झुंझलाहट और गुस्से ने उस पर काबू पा लिया।

"जो भी हो, अब देखा जाएगा," उसने सोचा और बिस्तर से उठकर दरवाज़े की ओर बढ़ी।

उसने दरवाज़ा धीरे-धीरे खोला, खुद को एक असहज बातचीत के लिए तैयार किया—लेकिन हैरानी की बात यह थी कि बाहर कोई नहीं था।

उलझन और राहत, दोनों ने उसे एक साथ घेर लिया। उसने दरवाज़ा बंद किया, ताला दोबारा चेक किया और कंधे उचकाकर वापस अपने बिस्तर पर आ गई।

पैट्रीशिया अगला गाना चलाने ही वाली थी, लेकिन तभी...

दस्तक फिर से सुनाई दी।

इस बार वह मुख्य दरवाज़े से नहीं, उसके बेडरूम के दरवाज़े से आ रही थी।

•8•

भूतिया रात

हैलोवीन! मेरा पसंदीदा त्योहार।

दरवाज़े-दरवाज़े जाकर दस्तक देना और तरह-तरह की टॉफियाँ इकट्ठा करना—खासकर जब वो चॉकलेट हों—इससे मज़ेदार कुछ नहीं!

और पता है मुझे हैलोवीन में और क्या पसंद है? कॉस्ट्यूम्स!

लोगों को अलग-अलग रूप में सजते देखना बहुत मज़ेदार होता है! कुछ लोग किसी किरदार की तरह तैयार होते हैं, और कुछ डरावने बनने की कोशिश करते हैं। मुझे डरावने कॉस्ट्यूम्स बहुत पसंद हैं!

मैं हमेशा कोशिश करता हूँ कि ऐसा दिखूं जैसे किसी हॉरर मूवी से निकला हूँ, और जब मैं ऐसा करता हूँ, तो सब कहते हैं, "वाह, तुम्हारा कॉस्ट्यूम बहुत ज़बरदस्त है!" या "ओह, तुम तो बहुत डरावने लग रहे हो!"

लेकिन अब जब मैं सोचता हूँ, तो लगता है कि अब तक सब मुझे बस इसलिए तारीफ़ करते थे क्योंकि मैं बच्चा था। वो सब बस शिष्टाचार में कहते थे। पर इस साल नहीं।

अब मैं आठ साल का हूँ। मैं बड़ा हो गया हूँ, और अब मैं देख सकता हूँ कि लोग जब मुझे देखते हैं, तो वास्तव में डर जाते हैं!

आख़िरकार, मैं भी दूसरों को डरा सकता हूँ!

मैं हर दरवाज़े पर दस्तक देता हूँ, और हर कोई मेरी शक्ल देखकर चौंक जाता है, सिहर उठता है—मुझे रोकना मुश्किल हो गया है!

ये एहसास सबसे शानदार है!

मैं तो ऐसा हमेशा करता रह सकता हूँ!

लेकिन नहीं, मुझसे एक ग़लती हो गई।

मैं इतना ज़्यादा उत्साहित था कि मैंने ध्यान ही नहीं दिया कि मैं कहाँ भटक गया हूँ।

अपने पड़ोसी के दरवाज़े पर दस्तक देना बहुत बुरा विचार था।

वो देखो, दरवाज़ा खोल रही हैं, और जैसे ही उन्होंने मुझे देखा, चीखती हुई अंदर भाग गईं।

अफ़सोस की बात है।

अब मुझे वापस जाना पड़ेगा...

उस ठंडी ताबूत में... जिसमें मुझे छह महीने पहले दफ़नाया गया था।

•9•

प्यारा दोस्त

यह एक और शनिवार की शाम थी, और 9 साल का बॉबी अपने प्यारे दोस्त मोर्ट — एक आवारा काले शिकारी कुत्ते — के साथ आँगन में फ्रिसबी खेल रहा था। जब उसे एहसास हुआ कि उसके माता-पिता अभी तक नहीं लौटे हैं, तो वह चिंतित हो गया। उसने मोर्ट को आँगन में छोड़ दिया और माँ को कॉल करने अंदर चला गया।

"बॉबी, प्यारे, क्या तुम हो?" उसकी माँ मार्था ने फोन उठाया। "हम दो मिनट में घर पहुँच रहे हैं... क्या हुआ?" उसने बगल में बैठे व्यक्ति से फुसफुसाकर पूछा।

"माँ, सब ठीक है न?" बॉबी ने चिंतित स्वर में पूछा।

"कुछ नहीं बेटा। एक हिरण सड़क पार कर गया था। चिंता मत करो, हम जल्दी ही घर पहुँच रहे हैं," मार्था ने कहा, कॉल काटी और अपने पति से पूछा, जो गाड़ी चला रहे थे, "हमने किसी हिरण को टक्कर मारी थी, है न?"

"पता नहीं," पति ने जवाब दिया। वह गाड़ी से उतरे, नीचे देखा, फिर सिर हिलाते हुए मार्था की ओर परेशान चेहरे से देखा।

मार्था भी जल्दी से बाहर आई, और जैसे ही उसने सामने के पहियों के पास पड़े मरे हुए काले कुत्ते को देखा, वह दोनों हाथों से अपना मुँह ढँककर सिहर उठी।

"नहीं! यह तो मोर्ट है! अब क्या करें? हम बॉबी को कैसे बताएँ?"

बॉबी के पिता, नाथन, कुछ देर सोचते रहे और फिर बोले, "मुझे लगता है आज उसे मत बताओ। मैं कल पेट शॉप जाकर एक पिल्ला खरीद लाऊँगा। हम उसे तब बताएँगे। शायद उसके लिए ये सब सहना थोड़ा आसान हो जाएगा।"

"अच्छा विचार है। सच कहूँ तो मुझे कभी पसंद नहीं आया कि बॉबी एक आवारा कुत्ते से इतना जुड़ गया था। शायद अच्छा ही हुआ।"

नाथन ने सिर हिलाया और कहा, "तुम अंदर जाओ। मैं मोर्ट का इंतज़ाम कर लेता हूँ।"

बॉबी के माता-पिता ने योजना के अनुसार सब कुछ किया, और दिन निकल गया बिना बॉबी को सच्चाई बताए, जो अपने लापता दोस्त को लेकर बहुत बेचैन था।

अगली सुबह, जब नाथन पेट शॉप जाने की तैयारी कर रहे थे, तो उन्होंने खिड़की से देखा — बॉबी आँगन में दौड़ रहा था, एक बड़े काले शिकारी कुत्ते के साथ खेलते हुए — जो हूबहू मोर्ट जैसा दिखता था।

"मार्था, देखो, लगता है मुझे अब पिल्ला खरीदने की ज़रूरत नहीं," उन्होंने अपनी नींद में करवट बदलती पत्नी से फुसफुसाकर कहा। "वाह, क्या किस्मत है! बिल्कुल मोर्ट जैसी शक्ल वाला कुत्ता आ गया, और बॉबी को लगता है वही है। परफेक्ट!"

"कहीं ये हमारे किसी पड़ोसी का कुत्ता तो नहीं?" मार्था ने संदेह किया।

"गले में कोई कॉलर नहीं है। लगता है आवारा है। शायद मोर्ट का कोई भाई हो, कौन जाने।"

"एक और आवारा कुत्ता? मुझे नहीं लगता ये बॉबी के लिए सुरक्षित है। अगर काट लिया तो?"

"कुत्ता दोस्ताना लग रहा है। और फिर, क्या तुम बॉबी को सच्चाई बताना चाहोगी? तुम जानती हो वो कितना संवेदनशील है। और वैसे भी, तुम तो कभी उसे मना नहीं करतीं। वह वैसे भी उस कुत्ते के साथ खेलेगा। क्यों उसे दुखी करें? उसे यही मानने दो कि वही मोर्ट है।"

"ठीक है, तुम सही कह रहे हो," मार्था ने सहमति जताई।

दोनों ने राहत की साँस ली, और दिन बीतने लगे, बॉबी अपने काले शिकारी दोस्त के साथ खेलते हुए, बिना कुछ जाने।

सब कुछ ठीक लग रहा था, जब तक कि एक दिन मार्था को कुछ अजीब नहीं लगा — वह कुत्ता मक्खियों और कीड़ों से घिरा हुआ, पहले से ज़्यादा दुबला और गंदा दिख रहा था।

"बॉबी, बेटा, हमें मोर्ट को डॉक्टर के पास ले जाना चाहिए। तुम मेरी मदद करोगे?" मार्था ने कोमलता से पूछा। उन्होंने हड्डी की मदद से कुत्ते को पिंजरे में लाने की कोशिश की, लेकिन मोर्ट के जैसे दिखने वाले उस कुत्ते को उनका इरादा समझ आ गया, और वह पीछे हट गया, गुर्राया, और भाग गया।

वह कुत्ता कई दिनों तक नहीं लौटा, और बॉबी दुखी हो गया। मार्था को पछतावा हुआ, और उसने सच्चाई बताने का मन बनाया। लेकिन ठीक उसी समय, मोर्ट का जुड़वाँ फिर से लौटा — पहले से भी ज़्यादा बीमार और सड़ा-गला दिखता हुआ। फिर भी, बॉबी बेहद खुश हो गया और तुरंत उसके साथ खेलने लगा।

मार्था दरवाज़े की चौखट पर खड़ी मुस्कुरा रही थी, लेकिन तभी उसका चेहरा सख्त हो गया — उसने देखा कि वह कुत्ता बॉबी को सड़क की ओर खींच रहा था, जैसे उसे वहाँ ले जाना चाहता हो।

"मैं ज़्यादा सोच रही हूँ," उसने खुद से कहा, सिर झटककर अंदर चली गई।

दिन बीतते रहे, और कभी-कभी मार्था को उस जोड़ी को देखकर बेचैनी होती, पर वह खुद को समझा लेती — जब तक कि एक दोपहर बॉबी, उस कुत्ते के पीछे दौड़ते हुए, सड़क पार करने लगा और एक कार से टकराने ही वाला था। सौभाग्य से, मार्था ने तुरंत प्रतिक्रिया दी, उसका हाथ खींचकर उसे बचा लिया।

बॉबी की सुरक्षा सुनिश्चित करने के बाद, मार्था ने उस कुत्ते की ओर देखा और डर के मारे काँप उठी — उसे भयावह सच्चाई का एहसास हुआ: वह कुत्ता बीमार नहीं था — वह मरा हुआ था, सड़ता हुआ शरीर, जिसकी खाली आँखें और हरकतें किसी दुष्ट आत्मा द्वारा नियंत्रित हो रही थीं।

डर से काँपती मार्था ने बॉबी का हाथ पकड़ा, उसे अंदर खींचा और सख्त लहजे में कहा, "तुम अब मोर्ट के साथ नहीं खेलोगे!"

बॉबी ने विरोध किया क्योंकि वह समझ नहीं पाया, लेकिन मार्था अड़ी रही।

"मैं तुम्हें नया कुत्ता दिलवाऊँगी। पिल्ला! जितने चाहो उतने। लेकिन वादा करो कि तुम मोर्ट के पास नहीं जाओगे।"

"पर..."

"वादा करो, प्लीज़! अगर तुम मम्मी से प्यार करते हो।"

हार मानते हुए बॉबी ने माँ से वादा कर लिया।

ऐसा लगा जैसे सब शांत हो गया हो, लेकिन अगला दिन आया। सूरज उगा, आसमान में चमका, फिर ढलने लगा, और जैसे ही चाँद क्षितिज पर

उभरा — बॉबी की लाश सड़क के बीचोंबीच पड़ी मिली, गाड़ी से कुचली हुई — ठीक वैसे ही जैसे उसका प्यारा मोर्ट कभी कुचला गया था।

•10•

सन्नाटा

जब ब्रेंडन छोटा था, तो उसे डरावने और भयानक सपने आया करते थे। उसकी सेहत को लेकर चिंतित उसकी दादी—जो अब इस दुनिया में नहीं रहीं—ने उसे एक पुराना म्यूजिक बॉक्स दिया था, जो वह अपने पुश्तैनी घर से लाई थीं।

उन्होंने ब्रेंडन से कहा था, "अगर तुम हर रात इस संगीत डिब्बे की धुन पर सोओगे, तो डरावने सपने नहीं आएँगे। यह तुम्हें बुराई से भी बचाएगा।"

उन्होंने बहुत गंभीरता से समझाया था,

"याद रखना मेरे बच्चे—अगर कभी यह म्यूजिक बॉक्स अपने-आप बजना बंद कर दे, तो बिना देर किए कहीं छिप जाना। और तब तक छिपे रहना जब तक सुबह की पहली रोशनी ना आ जाए। तभी तुम सुरक्षित रहोगे।"

उस रात के बाद से ब्रेंडन को म्यूजिक बॉक्स की सुकून देने वाली धुन के बिना नींद नहीं आती थी। वह हर रात उसे खोलकर अपने बिस्तर के पास रखता और उसी की मधुर आवाज़ में सो जाता। हर सुबह उसकी आंखें उसी धीमी धुन के साथ खुलतीं, और वह खुद को सुरक्षित महसूस करता।

साल बीत गए। ब्रेंडन अब एक नए शहर में रहने लगा था, लेकिन म्यूजिक बॉक्स उसने हमेशा अपने पास रखा—एक ताबीज की तरह।

एक रात, जब सब कुछ सामान्य था, ब्रेंडन की नींद अचानक खुल गई। घड़ी में 3:15 बज रहे थे। वह बेचैनी महसूस कर रहा था और पानी पीने के लिए रसोई की ओर चल पड़ा। लेकिन जैसे ही वह अपने कमरे से बाहर निकला, म्यूजिक बॉक्स की जानी-पहचानी धुन अचानक बंद हो गई।

उस पर डर हावी हो गया। बिना कुछ सोचे उसने अपनी दादी की चेतावनी याद की और एक छोटी अलमारी में जाकर छिप गया। वहाँ बैठकर वह अपनी साँसों को काबू में करने की कोशिश करता रहा। मिनटों ने घंटों का रूप ले लिया, और ब्रेंडन वहीं छिपा रहा, सुबह का इंतज़ार करते हुए।

लेकिन जैसे-जैसे समय बीतता गया, वह बेचैन होने लगा।

"ये सब बेवकूफी है," उसने खुद से बड़बड़ाया। "ये तो बस एक पुराना म्यूजिक बॉक्स है। कभी-न-कभी तो अपने-आप बंद हो ही जाएगा।"

सोचते हुए कि शायद वह यूँ ही डर गया था, ब्रेंडन ने धीरे-धीरे अलमारी का दरवाज़ा खोला और अपने हल्के-हल्के रोशन कमरे में बाहर निकला।

उसे खुद पर हँसी आ गई।

"मैं तो बेकार ही डर गया," वह बुदबुदाया।

लेकिन जैसे ही वह बिस्तर की ओर बढ़ा, उसके कंधे पर किसी की ठंडी सी थपकी महसूस हुई—और फिर एक सर्द आवाज़ उसके कानों में गूंजी:

"मैंने तुम्हें ढूंढ लिया।"

...और यही शब्द ब्रेंडन ने अपने जीवन में अंतिम बार सुने।

•11•

मुझसे मिलने आओ

सुबह थी—धूप से चमकती, उजली सुबह। काम पर निकलने से पहले, स्टैन ने अपनी पत्नी से कहा,

"आज शाम ऑफिस में एक कॉर्पोरेट इवेंट है।"

क्लैरिस, उसकी पत्नी, थोड़ी चिंतित दिखीं।

"तो क्या तुम शाम तक लौट आओगे?"

स्टैन ने कोट हैंगर से कोट उठाते हुए हँसकर पूछा,

"क्यों? जलन हो रही है क्या?"

क्लैरिस ने सिर हिलाया, लेकिन चेहरे पर चिंता साफ़ थी।

"नहीं, इस बार नहीं। बात जलन की नहीं है... बस, एक अजीब सा डर लग रहा है। न जाने क्यों, बहुत बेचैनी हो रही है। तो... जब इवेंट से पहले घर आओ, तो मुझसे मिल लेना, ठीक है?"

स्टैन ने कंधे उचका कर आश्वासन दिया,

"ठीक है, मुझे कार भी लौटानी है, और कुछ सामान भी छोड़ना है घर पे।"

शाम होने लगी थी जब वह घर आया। घर कुछ अजीब तरह से शांत था। वह सीधे बेडरूम की तरफ़ गया, जहां क्लैरिस इस समय अक्सर आराम करती थी। स्टैन ने दरवाज़े का हैंडल नीचे दबाया, लेकिन अचानक रुक गया।

"फिर से जलन वाली बात न छेड़ दे... शायद अभी उससे बात न करना ही बेहतर है," उसने सोचा। और इसी सोच के साथ, उसने दरवाज़ा खोला ही नहीं—और बिना देखे लौट गया।

कॉर्पोरेट इवेंट देर रात तक चला। जब स्टैन घर लौटा, तो थक चुका था और थोड़ा नशे में भी था। वह सीधे बेडरूम में गया, सावधानी से दरवाज़ा खोला, और लाइट ऑन की—और फिर... उसने क्लैरिस को बिस्तर पर बेसुध पाया—उसका शरीर घावों से छलनी था।

हैरान और टूटे हुए मन से, स्टैन ने तुरंत 911 पर कॉल किया। आखिरी उम्मीद में, उसने अपनी पत्नी की नब्ज़ टटोली— लेकिन बहुत देर हो चुकी थी।

वह वहीं बिस्तर के किनारे बैठ गया, गहरे दुख में डूबा हुआ, बस पुलिस का इंतज़ार करता रहा। तभी उसकी नज़र बेडसाइड टेबल पर पड़ी। वहाँ एक नोट था—काले मार्कर से लिखा हुआ:

"बहुत बुरा हुआ। अगर तुमने आज शाम दरवाज़ा खोल लिया होता, तो उसे बचा सकते थे..."

•12•

बरसात का दिन

एक उदास दोपहर, जब पतझड़ की रंगीन चादर ओढ़े पहाड़ों के बीच बसा एक छोटा-सा गाँव तेज़ बारिश और तूफ़ानी हवाओं से घिरा हुआ था, तीन बच्चे — फ्लाविया, रोसा और छोटा मार्को — एक पुराने लकड़हारे की छोड़ी हुई जर्जर झोपड़ी में दुबके बैठे थे। वे बारिश रुकने का इंतज़ार कर रहे थे, इस उम्मीद में कि सूरज उगने से पहले वे घर लौट पाएँगे।

बारिश की बूँदें छत पर लगातार टपक रही थीं, और बच्चे समय काटने के लिए झोपड़ी की धुँधलाई खिड़की के बाहर टकटकी लगाए बैठे थे। जल्द ही, बाहर से खिड़की पर गिरती बारिश की बूँदों ने शीशे पर तरह-तरह के पैटर्न बनाने शुरू कर दिए, और ऊब चुके बच्चे बस उन्हें निहारते रहे।

“देखो! बारिश ने खिड़की पर दिल बना दिया,” रोसा ने झुकते हुए उस आकृति की ओर इशारा करते हुए कहा।

“नहीं, अब ये तो बादल जैसा लग रहा है,” फ्लाविया ने ध्यान से देखते हुए कहा।

हमेशा जोश में रहने वाला मार्को बोला, “नहीं, नहीं! ये तो हाथ है!”

“सच में, ये तो हाथ की छाप जैसी लग रही है,” फ्लाविया ने आँखें मिचमिचाकर देखा।

“हाँ... एकदम हाथ का निशान,” रोसा ने धीरे से कहा।

बच्चों ने एक-दूसरे की ओर चौंक कर देखा। वह हाथ जैसी आकृति कुछ ज़्यादा ही असली लग रही थी — मानो वह शीशे से बाहर निकलकर उन्हें छू सकती हो।

उसी पल झोपड़ी के भीतर की हवा अचानक ठंडी हो गई।

फ्लाविया ने लगभग फुसफुसाते हुए कहा, "मुझे यहाँ अच्छा नहीं लग रहा... चलो यहाँ से भागते हैं। बहुत देर हो रही है।"

"हाँ, मुझे लग रहा है कोई हमें देख रहा है," रोसा ने सहमते हुए कहा। वह घबराई नज़रों से धुँधली खिड़की की ओर देखने लगी। और तभी, मानो उनके डर ने ही उसे बुलाया हो, भाप से भरे शीशे पर धीरे-धीरे एक चेहरे की परछाईं उभरने लगी...

•13•

उबरना

आख़िरकार।

मैं पुनर्वास केंद्र से बाहर आ गया।

जिंदगी में कई मुश्किलें आईं, और मैं नशे का आदी बन गया। शुरू में यह सब बहुत अच्छा लगने लगा, लेकिन फिर सब कुछ बिखर गया। मेरी लत इतनी गहरी हो गई कि मुझे अपना घर तक बेचना पड़ा। आखिरकार, मैं ज़हरखुरानी से मरते-मरते बचा—अगर मेरा भाई माइकल न होता, तो शायद मैं अब तक ज़िंदा भी न होता। वही था जिसने मुझे पुनर्वास के लिए भेजा, और अब, छह महीने बाद, मैं आज़ाद हूँ।

इस समय मैं माइकल के घर पर रह रहा हूँ—उम्मीद है कि सिर्फ कुछ समय के लिए। मैं सुधरने की कोशिश कर रहा हूँ, और मुझे लगता है कि मैं इसमें कामयाब भी हो रहा हूँ। मगर एक बात अब भी परेशान करती है—आवाज़ें सुनाई देना (श्रवण भ्रम)।

ये वही आवाज़ें हैं जो मुझे नशे की हालत में सुनाई देती थीं, लेकिन अब ये और भी डरावनी लगती हैं—पहले से भी ज़्यादा असली और डरावनी।

मैं ये सब माइकल को बताए बिना सहने की कोशिश कर रहा हूँ। हम दोनों हमेशा से ही अलग रहे हैं। मुझसे छोटा होने के बावजूद वह हमेशा ज़िम्मेदार रहा है—बचपन से ही गंभीर स्वभाव वाला। और मैं... बस, हमेशा उल्टा रहा हूँ। कभी-कभी सोचता हूँ, मेरी वजह से उस पर कितना बोझ पड़ा होगा।

अब मैं उसी के घर में रह रहा हूँ। और अगर उसे पता चल गया कि मैं अब भी अजीब-अजीब आवाज़ें सुनता हूँ, तो शायद वह मुझ पर फिर से भरोसा नहीं कर पाएगा। और कौन जाने—वो मुझे फिर से उस जगह भेज दे, जिससे मुझे सख्त नफ़रत है।

सच कहूँ तो, मैं इन भ्रमों से निपटने की पूरी कोशिश करता हूँ। लेकिन अब यह पहले से कहीं ज़्यादा मुश्किल हो गया है। माइकल ज़्यादातर समय घर पर नहीं होता—और यह मेरे लिए अच्छा है, क्योंकि अगर वह होता, तो शायद मैं चुप न रह पाता जब ये आवाज़ें असहनीय हो जाती हैं।

क्या मुझे उसे सब कुछ बता देना चाहिए?

मैं और कितना छुपा सकता हूँ?

सुबह के लगभग आठ बजे हैं। माइकल अपने सीरियल में दूध डाल रहा है, और बैठने ही वाला है।

मैं हिम्मत जुटाता हूँ और कहता हूँ:

"माइकल, मुझे तुमसे कुछ कहना है।"

"उम्मीद है, कोई बुरी बात नहीं," वह जवाब देता है।

"पक्का नहीं कह सकता। कैसे कहूँ... मैं कसम खाता हूँ, मैंने पुनर्वास केंद्र से लौटने के बाद कोई नशा नहीं किया, लेकिन कभी-कभी... अब भी मुझे अजीब-अजीब आवाज़ें सुनाई देती हैं। जैसे अभी, मुझे किसी बच्चे की सिहराने वाली गुनगुनाहट सुनाई दे रही है, जैसे किसी हॉरर फिल्म से उठाई गई हो।"

मेरी बात सुनकर माइकल खाना छोड़ देता है, चुपचाप उठता है, और ऊपर सीढ़ियों की ओर चला जाता है।

"मैंने खुद ही सँभालने की बहुत कोशिश की, लेकिन अब नहीं हो रहा," मैं चिल्लाता हूँ, क्योंकि ऊपर से कोई जवाब नहीं आता।

कुछ ही मिनटों में वह नीचे लौटता है, हाथ में एक बड़ा सूटकेस और एक बैग लिए हुए। मैं खिड़की से देखता हूँ—वह बाहर जाता है और सारा सामान अपनी कार के डिक्की में रख देता है।

बिलकुल वही जो मैं सोच रहा था।

अब मुझे फिर से उसी सड़ी-गली जगह जाना पड़ेगा।

इस वक़्त हम दोनों कार में हैं—सुनसान, लंबी सड़कों पर खामोशी से चलते हुए।

हम मंज़िल के क़रीब पहुँच रहे हैं, लेकिन...

"सेंटर तो पीछे रह गया। तुम्हें वहाँ दाएँ मुड़ना था," मैं याद दिलाता हूँ।

माइकल बिना मेरी ओर देखे, सड़क पर आँखें टिकाए कहता है:

"हम सेंटर नहीं जा रहे। मैंने भी वही गाना सुना है।"

•14•

भटकते हुए

एक रात, चार दोस्त—पीटर, कैलहन, एर्नी और मार्टिन—ने एक शर्त लगाई। उन्हें एक कब्रिस्तान में जाकर किसी भी कब्र के साथ फोटो खींचनी थी, और जो पीछे हटेगा, वो हारेगा।

आधी रात के बाद का समय था जब चारों दोस्त, एक-दूसरे से ज़्यादा बहादुर दिखने की कोशिश करते हुए, पास के कब्रिस्तान के गेट से अंदर दाखिल हुए। चलते हुए वे खुद को हिम्मत बंधा रहे थे।

"ये तो बच्चों का खेल है।"

"भूत-वूत में कौन विश्वास करता है?"

"ये सब तो बेवकूफी लगती है।"

वे कब्रों के बीच कुछ देर तक भटकते रहे और फिर तय किया कि जब तक वे कब्रिस्तान के एकदम आख़िरी छोर तक न पहुँचें, बाहर निकलना कोई विकल्प नहीं है।

"मैं तो एर्नी पर दांव लगाता हूँ," पीटर ने मज़ाक उड़ाते हुए कहा। "ये सबसे पहले डर कर भागेगा।"

"अपने लिए बोल," एर्नी—जो ग्रुप का 'नॉलेजबॉय' था—ने पलटकर जवाब दिया। "तुम लोग जानते भी हो? लोग जो भूत देखते हैं, वो दरअसल सड़ते हुए शरीरों से निकलने वाले फॉस्फोरस की वजह से होता है। सब कुछ विज्ञान है।"

फ्लैशलाइट के लिए उन्होंने अपने फोन थाम रखे थे। कई पुरानी कब्रों के पास से गुज़रते हुए वे आखिरकार कब्रिस्तान की जंग लगी बाड़ तक पहुँच गए। सबसे आगे चल

रहे कैलहन ने एक कब्र के सामने रुक कर कहा,

"अरे, देखो—इस पर तो मेरा ही नाम लिखा है!"

बाकी सब उसके पास आ गए, उनके चेहरे मोबाइल की रोशनी में चमक रहे थे।

"वाह, क्या बात है," मार्टिन ने घबराहट छिपाने की कोशिश करते हुए कहा। उसने कब्र को ध्यान से देखा और चौंकते हुए बोला, "अरे, जन्म का साल भी तुम्हारे जैसा ही है!"

सब हँस पड़े। पीछे न रहने की चाह में पीटर भी एक कब्र के पास गया और बोला,

"ओहो, इस पर तो मेरा नाम है! और सरनेम भी वही!"

उनकी हँसी धीरे-धीरे हल्की-सी झिझक में बदलने लगी।

आधा मज़ाक करते हुए मार्टिन ने कहा,

"अगर अगली कब्र पर मेरा नाम निकला, तो मैं तो सच में घबरा जाऊँगा।"

वे कुछ और कदम बढ़े। ठंडी हवा में उनकी साँसें धुंध की तरह दिख रही थीं। तभी मार्टिन रुक गया। उसके फोन की रोशनी एक कब्र पर पड़ी और उसने धीमे से कहा,

"नहीं... इस पर तो मेरा नाम लिखा है।"

तीनों दोस्त हैरानी और उलझन में एक-दूसरे की ओर देखने लगे। और तभी हमेशा तार्किक रहने वाला एर्नी चुप्पी तोड़ते हुए बोला,

"अरे यारों, भूल गए क्या? हमें तो एक हफ़्ता पहले यहीं मारा गया था।"

•15•

मिठास भरी आवाज़

एंथनी राइट की उम्र उस समय 12 साल थी, जब यह अजीब घटना घटी। यह 2001 की गर्मियों की छुट्टियों की बात है। पहली बार, वह अपने माता-पिता के बिना अपनी दादी से मिलने एक दूरस्थ गाँव गया था। अकेले यात्रा करने का जो छोटा-सा आत्मनिर्भरता का एहसास उसे मिला, उसी ने उसे बार-बार पास के जंगल में अकेले घूमने के लिए प्रेरित किया, भले ही उसकी दादी ने सख़्त मना किया था।

वह जंगल एक पहाड़ी जैसी ऊँचाई को पार करता हुआ फैला था—हरियाली से भरा हुआ, पतली पगडंडियों और छोटी-छोटी जलधाराओं से सुसज्जित। एंथनी को यह जंगल बेहद पसंद आ गया था, और एक खास जगह थी जो उसे सबसे प्रिय थी—एक नाले के पार स्थित वह हरा-भरा कोना।

एक दिन, ऊब महसूस करते हुए, उसने नाले की उत्पत्ति खोजने का निर्णय लिया, जो बहुत अंदर स्थित थी। वह सँकरे, घुमावदार रास्ते पर चल रहा था, जब उसने किसी को उसका नाम पुकारते सुना।

"एंथनी! टोनी, इधर आओ!"—आवाज़ उसकी माँ जैसी लग रही थी।

उस जानी-पहचानी आवाज़ से आश्वस्त होकर, उसने बिना सोचे-समझे झाड़ियों के बीच से रास्ता बनाना शुरू कर दिया। उसे लगा शायद उसकी माँ गाँव में उससे मिलने जल्दी आ गई होगी। लेकिन जब वह आवाज़ के स्रोत तक पहुँचा, तब उसे एहसास हुआ कि वह कितनी बड़ी भूल कर बैठा है।

उसके सामने खड़ा था एक लंबा, दुबला-पतला आदमी, जिसकी आँखों में एक अजीब-सी खोखली नज़रत थी और जो सफेद कपड़े पहने हुए था।

"टोनी! टोनी, इधर आओ!"—उस आदमी ने एकदम उसकी माँ की आवाज़ में कहा।

यह दृश्य इतना भयानक था कि एंथनी घबरा गया और उल्टे पाँव दौड़ते हुए घर की ओर भागा। डर से काँपता हुआ वह अपने कमरे में घुसा, दरवाज़ा जोर से बंद किया और अंदर से कुंडी लगा दी।

"टोनी, क्या हुआ बेटा? सब ठीक है?"—दादी की आवाज़ बाहर से आई।

"नहीं दादी! मैंने जंगल में कुछ डरावना देखा!"

"अरे रे, क्या बस इसी बात पर दरवाज़ा बंद कर लिया?"

"हाँ, और आप भी सारे दरवाज़े बंद कर लीजिए! क्या पता वो मेरे पीछे-पीछे आ गया हो!"

"चिंता मत करो बेटा, यहाँ सब सुरक्षित है। कुछ नहीं होगा। चलो, मैंने पैनकेक बनाया है, आकर खा लो," दादी ने सांतवना दी।

"नहीं, मैं बाहर नहीं आऊँगा।"

"अच्छा चलो, कुकीज़ बना देती हूँ। या फिर गर्मागर्म कोको?"

"नहीं, मैं बाहर नहीं आऊँगा!"—एंथनी अडिग रहा।

थोड़ी ही देर में उसकी आँखें भारी होने लगीं, और वह थककर सो गया।

अगली सुबह, सूरज की पहली किरणों के साथ, एंथनी ने धीरे से दरवाज़ा खोला और सावधानी से बाहर निकला। वह देखता है कि उसकी दादी पुराने गानों की धुन पर गुनगुनाते हुए शेल्फ साफ़ कर रही हैं।

"गुड मॉर्निंग दादी! पैनकेक बचे हैं क्या?"—उसने आँखें मलते हुए पूछा।

"पैनकेक? कौन से पैनकेक?"—दादी ने आश्चर्य से पूछा। "बनाकर दूँ क्या?"

"आपको याद नहीं, आपने कल रात मुझे बुलाया था पैनकेक खाने के लिए?"

एंथनी की आवाज़ काँप उठी, "फिर आपने कुकीज़ और कोको भी कहा था..."

"बेटा, तुमने सपना देखा होगा। मैं तो कल आधी रात के बाद घर आई। तुम्हारी मौसी सारा से मिलने गई थी पास वाले गाँव। क्या करूँ, मेरा बच्चा भूखा रह गया। लगता है वो सूप कम पड़ गया था जो मैंने छोड़ा था। कोई बात नहीं, मैं अभी—"

दादी की बात एंथनी के कानों तक नहीं पहुँच पाई। उसका शरीर जड़ हो गया था, हर नस में एक ठंडी डर की लहर दौड़ गई थी।

उस दिन के बाद, जब तक वह गाँव में रहा, एंथनी एक पल के लिए भी चैन से नहीं सो सका। और जब वह आखिरकार शहर वापस लौटा, तो वर्षों बीत गए, पर वह फिर कभी उस रहस्यमयी गाँव की ओर लौटकर नहीं गया।

•16•

एक्शन से भरपूर फ़िल्म

सिनेमा हॉल में हाल ही में रिलीज़ हुई फिल्म "सर्किट" के प्रीमियर की घोषणा की गई थी। ओवेन, एक नौजवान जो अब अपने बीसवें दशक के आख़िरी वर्षों में था, एक और थकाऊ कामकाजी दिन के बाद घर लौट रहा था, जब एक नया पोस्टर उसकी नज़र में आया। ज़रा-सी राहत पाने के लिए, उसने ज़्यादा सोचे बिना फ्रंट सीट की आखिरी बची हुई टिकट खरीद ली।

ओवेन ने पॉपकॉर्न की एक बड़ी बाल्टी ली, आरामदायक सीट पर बैठा, और फिल्म देखना शुरू किया—जो पहले से ही शुरू हो चुकी थी। उसने खुद को कहानी में डुबोने की कोशिश की, लेकिन फिल्म उसकी पसंद के मुताबिक उबाऊ निकली, और उस पर काम की थकान ने हालात और बिगाड़ दिए।

जैसे ही वह आँखें खुली रखने के लिए संघर्ष कर रहा था, स्क्रीन झिलमिलाई, और अगला दृश्य एक काले-सफेद सर्कस का उभरा। सर्कस सुनसान था, दर्शक दीर्घा खाली, और एक अकेला यूनिसाइकिल धीमे-धीमे गोल-गोल घूम रहा था। कुछ ही देर में सर्कस टेंट की लाइटें टिमटिमाने लगीं—कभी जलतीं, कभी बुझतीं।

सिनेमा हॉल का माहौल भी धीरे-धीरे ठंडा और तनावपूर्ण होता गया। तभी, एक झटके में, थिएटर की स्क्रीन पूरी तरह काली हो गई। पूरा हॉल अंधेरे में डूब गया। ओवेन को उत्साह हुआ—उसे लगा कि ये फिल्म का ही हिस्सा है, शायद अब कुछ अजीब होने वाला है... लेकिन जब लाइटें वापस आईं, उसकी साँस अटक गई।

उसके सामने एक जोकर खड़ा था—खून से सना हुआ, हाथ में चाकू, चेहरे पर मरोड़ा हुआ डरावना मुस्कान, और आँखों में भयानक नफ़रत।

ओवेन ने खुद को समझाने की कोशिश की कि शायद यह कोई शो या मज़ाक है, लेकिन पल भर में ही जोकर ने चाकू से उस पर वार कर दिया। ओवेन चीखा जब उसने महसूस किया कि ठंडी स्टील उसकी छाती को चीर रही है। तीव्र पीड़ा के साथ उसकी दुनिया अंधेरे में डूब गई।

ओवेन हड़बड़ाकर जागा—पसीने से तरबतर, हाँफता हुआ। उसने खुद को टटोला—शरीर सही-सलामत था। राहत की साँस लेते हुए उसने खुद को शांत करने की कोशिश की। चारों ओर देखा—परिचित चेहरों और माहौल से उसे कुछ सुकून मिला। लेकिन जैसे ही उसने स्क्रीन की ओर देखा, वह फिर सिहर उठा—वहाँ वही दृश्य था—काला-सफेद सर्कस।

ओवेन के रगों में खून जम गया जब उसने देखा कि सर्कस की लाइटें दोबारा टिमटिमाने लगीं, और वही यूनिसाइकिल फिर से गोल-गोल घूम रहा था। वह कुछ सोच पाता, उससे पहले ही लाइटें फिर से गुल हो गईं। और जब वापस आईं, तो वही खौफनाक जोकर फिर सामने खड़ा था।

ओवेन का शरीर जैसे लकवाग्रस्त हो गया था—डर ने उसे पूरी तरह जकड़ लिया था। जोकर उसकी ओर बढ़ रहा था—वही डरावनी मुस्कान, वही चमकता हुआ चाकू। और जैसे पहले हुआ था, उसने फिर से वार किया। सब कुछ फिर काला पड़ गया।

इस बार ओवेन झटके से जागा—उसका शरीर भय से कांप रहा था। उस भयानक सपने की दहशत अब भी उसमें ज़िंदा थी। वह अपनी सीट पर बैठा रहा, चारों ओर देखने लगा, यह उम्मीद करते हुए कि अब सब कुछ सामान्य होगा।

लेकिन जैसे ही उसकी नज़र स्क्रीन पर गई—उसके सबसे बुरे डर ने फिर सिर उठा लिया।

वहाँ फिर से वही था—काले और सफेद रंग वाला सर्कस।

•17•

मकड़ी

एक प्राचीन और वीरान हवेली को बदनाम तरीके से "मकड़ियों का घर" कहा जाता था। इस जगह को लेकर कई कहानियाँ प्रचलित थीं—कहा जाता था कि वहाँ ऐसी मकड़ियाँ रहती हैं जिन्हें आज तक किसी इंसान ने नहीं देखा, जबकि उस इलाके में किसी असामान्य प्रजाति की जानकारी कभी नहीं मिली थी। हर बार जब कोई साहसी या जिज्ञासु व्यक्ति उस घर के बाहर लगे चेतावनी बोर्ड "सावधान। मकड़ियाँ!" को नज़रअंदाज़ करता, तो वह कुछ ही मिनटों में चीखता हुआ बाहर भागता और अपने साथ एक नई फोबिया—arachnophobia—लेकर लौटता।

जैसे-जैसे इस मकड़ी वाले घर की कहानियाँ फैलती गईं, जीवविज्ञान के चार छात्र—नोआ, वॉल्टर, फिलिपीना और हांस—जो खुद मकड़ी प्रेमी थे, इस रहस्य की तह तक जाने का निर्णय लेते हैं। उन्होंने नया उपकरण खरीदा और उस जर्जर इमारत की ओर निकल पड़े।

जैसे ही उन्होंने मुख्य दरवाज़ा धकेला, वह ज़ोर से चरमराया। अंदर धूल के कण हवा में तैर रहे थे, जिन पर टूटी खिड़कियों से आती मद्धम रोशनी पड़ रही थी।

“हम सब साथ रहें,” हांस ने कहा और सबसे आगे बढ़ा।

शुरुआत में उन्हें आम टैरेंटुला मकड़ियाँ मिलीं। फिलिपीना ने कुछ को एक कंटेनर में पकड़ लिया, लेकिन उसके चेहरे पर निराशा झलक रही थी। “ये दिलचस्प हैं, लेकिन हम जो ढूंढ़ रहे हैं वो नहीं हैं।”

वे बिना रुके और गहराई में गए, जहाँ उन्हें एक छिपी हुई सीढ़ी मिली जो तहखाने की ओर जाती थी। वॉल्टर ने भारी दरवाज़ा खोला, जिसके पीछे घना अंधकार पसरा था।

जैसे-जैसे वे नीचे उतरते गए, उन्हें ठंडक बढ़ती महसूस हुई। नीचे पहुँचने पर, उनकी टॉर्च की रोशनी में एक चौड़ा, अंधेरा गलियारा दिखाई दिया। उन्होंने और शक्तिशाली लाइटें जलाईं और उनके सामने का दृश्य देखकर सबकी आँखें फटी रह गईं—दीवारों और फर्श पर बहुत बड़ी-बड़ी मकड़ियाँ रेंग रही थीं, जो ऊपर दिखी टैरेंटुलाओं से कहीं विशाल थीं।

वे खुशी से झूम उठे और इन अद्भुत जीवों की फुटेज रिकॉर्ड करने लगे। तभी फिलिपीना की टॉर्च की रोशनी ने एक कोने में कुछ बहुत बड़ा हिलता हुआ पकड़ लिया।

"उधर देखो!" उसने इशारा किया। सभी ने देखा कि एक विशालकाय मकड़ी बाकी सब से कहीं बड़ी थी, और वह तहखाने के पिछले हिस्से की ओर बढ़ रही थी।

"उसके पीछे चलो!" हांस ने चिल्लाया, और सब उसका पीछा करने लगे। वह मकड़ी एक टूटे हुए दरवाज़े में घुसी, और बिना समय गंवाए वे भी उसके पीछे अंदर चले गए।

वे जल्द ही एक बड़े कक्ष में पहुँच गए। वहां केवल उनकी सांसों की आवाज़ गूंज रही थी। अचानक, फिलिपीना वहीं रुक गई, उसकी टॉर्च ऊपर की ओर थी, और उसका चेहरा डर से सफेद पड़ गया।

“ऊपर मत देखो। हमें अभी यहां से निकलना होगा,” उसने घबराते हुए कहा। लेकिन बहुत देर हो चुकी थी—बाकी सबने स्वाभाविक रूप से ऊपर देखा... और वहीं जड़ हो गए।

छत से एक शेर के आकार की मकड़ी लटकी हुई थी, जिसकी छह चमकदार आँखें भयावहता से टिमटिमा रही थीं—पर जो बात सबसे डरावनी थी, वह ये कि उन आँखों में इंसानी भाव और आकृति थी।

“भागो!” हांस चिल्लाया।

सब पागलों की तरह बाहर की ओर दौड़ पड़े। अफरातफरी में नोआ लड़खड़ा कर गिर पड़ा। वह जैसे-तैसे उठ ही रहा था कि वह विशाल मकड़ी तेजी से नीचे उतरी और उसके रास्ते को रोक खड़ी हुई।

“नोआ!” वॉल्टर ने पीछे मुड़कर देखा और चिल्लाया, लेकिन हांस ने उसका हाथ पकड़कर खींचा।

“कोई फायदा नहीं! हमें आगे बढ़ना होगा!”

जब तक बाकी तीन बाहर निकल चुके थे, नोआ ने खुद को लड़ाई के लिए तैयार किया, लेकिन तभी एक गहरी, इंसानों जैसी आवाज़ उस मकड़ी के मुंह से आई—

“आख़िरकार... आठ आँखें पूरी हो गईं।”

हांस, वॉल्टर और फिलिपीना डर से काँपते हुए भाग रहे थे, जब उन्हें नोआ की दर्दनाक चीखें मकड़ी के घर से बाहर तक सुनाई दीं। वे घर से बाहर निकलकर वॉल्टर की कार की ओर भागे, कांपते हाथों और भरे गले के साथ—अपने पीछे नोआ को छोड़कर। उन्होंने खुद को समझा लिया कि उनके पास और कोई चारा नहीं था... लेकिन उस दिन के बाद

उन्होंने कभी उस शापित मकड़ियों के घर की ओर वापस देखने की भी हिम्मत नहीं की।

•18•

तस्वीरें समय को रोक देती हैं

उत्तर की ओर फैले बर्फीले जंगलों से घिरे एक शांत गाँव में, लिआने गर्मी की छुट्टियों के दौरान बोर हो रही थी। गाँव में हर कोई एक-दूसरे को जानता था, और लिआने अक्सर अपने पड़ोसियों के घर जाया करती थी। लेकिन उस दिन मूसलधार बारिश हो रही थी, और उसका मोबाइल फोन इंटरनेट से भी कनेक्ट नहीं हो पा रहा था, जिससे परेशान होकर उसने अपनी दादी से शिकायत की कि उसे कुछ करने को नहीं मिल रहा।

"सीढ़ियों के ऊपर फूलों वाली घड़ी के पास की अलमारी में कुछ फोटो एलबम रखे हैं," दादी ने सुझाव दिया। "अगर चाहो तो देख सकती हो।"

लिआने ने कंधे उचकाए और ऊपर वाले कमरे में चली गई, जहाँ सीलन की गंध फैली हुई थी। उसने व्यवस्थित रूप से रखे एलबमों पर नजर डाली और सबसे नीचे से मोटे भूरे कवर वाला एक एलबम खींच लिया। एक चरमराहट के साथ वह पुराने कपड़े वाली आरामकुर्सी पर बैठी, एलबम को गोद में रखा और धीरे से खोला।

पहली तस्वीर एक खूबसूरत शादी की फोटो थी, जो शायद 1900 के शुरुआती दौर की थी। एक जोड़ा सादे लेकिन सुरुचिपूर्ण कपड़ों में कैमरे के सामने खड़ा था। लिआने तस्वीरों में खो गई। अगले पन्नों पर वही जोड़ा एक शिशु के साथ दिखाई दिया। फिर कुछ और पन्नों पर उनके कई बच्चों के साथ तस्वीरें थीं—सभी पुराने समय के मटमैले सेपिया रंग में।

तभी लिआने का ध्यान परिवार की एक किशोरी बेटी पर गया, जो लगभग हर तस्वीर के बैकग्राउंड में नज़र आ रही थी। उसकी ठुड्डी के नीचे सिक्के के आकार का एक तिल था, लेकिन उसकी असल विचित्रता

कुछ और थी—जबकि बाकी बच्चे बड़े हो रहे थे, वह किशोरी हर तस्वीर में वैसी की वैसी ही दिख रही थी। समय के साथ उसके चेहरे की रौनक गायब होती जा रही थी—उसकी आँखें फीकी और त्वचा बेहद पीली होती दिखी।

"शायद वह बीमार हो गई होगी," लिआने ने सोचा। "इसलिए वह बढ़ी नहीं। दादी से बाद में पूछूँगी।"

20वीं सदी के मध्य की तस्वीरों तक पहुँचते-पहुँचते वही लड़की लगभग भूत जैसी दिखने लगी थी—उसकी उपस्थिति परिवार के बाकी हँसते-खिलखिलाते चेहरों के बीच अस्वाभाविक और भयावह लग रही थी।

अब लिआने को बेचैनी होने लगी। उसने एलबम के बीच के पन्ने छोड़ दिए और आख़िरी हिस्से में पहुँच गई। वहाँ उसे अपनी बचपन की एक तस्वीर मिली। वह दिन गर्मियों का था, जब वह गाँव के आँगन में पुराने बरगद के पेड़ के पास खेल रही थी। पहले तो वह तस्वीर देखकर मुस्कराई, लेकिन उसकी हँसी तुरंत गायब हो गई—क्योंकि उसी पेड़ के पीछे वही भयानक किशोरी आधी छिपी हुई खड़ी थी, उसकी खोखली आँखें सीधे कैमरे की ओर देख रही थीं।

डर के मारे लिआने ने चीख़ते हुए एलबम बंद कर दिया और लड़खड़ाते हुए सीढ़ियों से नीचे भागी।

"दादी!" उसने काँपती आवाज़ में पुकारा। "तस्वीरें! उनमें कुछ गड़बड़ है!"

दादी चिंतित होकर उसकी ओर दौड़ीं। जब उन्होंने लिआने की टूटी-फूटी बातों से कुछ समझा, तो उन्होंने गंभीरता से सोचा।

"दादी, वो लड़की कौन थी?"

"क्या तुम उस लड़की की बात कर रही हो जिसके होठों के नीचे तिल था? लगता है वो मेरी बुआ थीं। लेकिन वो तो मेरे पैदा होने से पहले ही निमोनिया से मर गई थीं।"

यह सुनकर लिआने का डर और बढ़ गया। शायद ये जानकर कि वह सच में एक मृत व्यक्ति को देख रही थी।

"मैंने सच में उसे देखा, दादी। मेरी आँखों के सामने।"

दादी ऊपर से एलबम लेकर आईं और रसोई की मेज़ पर लिआने के पास बैठ गईं।

"देखो... ये रही मेरी बुआ। क्या ये वही है?" दादी ने एक तस्वीर की ओर इशारा किया।

लिआने ने सिर हिलाया, लेकिन डर के मारे दोबारा देखने की हिम्मत नहीं हुई।

"अब देखो, ये तस्वीर... यहाँ तो वो नहीं है, है ना?"

हैरान-परेशान लिआने ने एलबम खींच लिया और वह सारे पन्ने पलटे जिनमें उसने उस लड़की को देखा था—लेकिन अब वे तस्वीरें सामान्य थीं। खुशहाल पारिवारिक पलों को कैद किए हुए। कहीं कोई डरावनी किशोरी नहीं थी।

दिन, हफ्ते और महीने बीत गए। लिआने अपनी रोज़मर्रा की ज़िंदगी में फिर से सामान्य लगने लगी, लेकिन हर बार जब वह अकेली होती, तो उसके दिल में फिर वही अजीब सा डर कुलबुलाने लगता... मानो अंधेरे के किसी कोने से दो खोखली आँखें फिर उसे ताक रही हों।

•19•

अभ्यास

ग्रैंड कॉन्सर्ट हॉल ने गर्मियों के पहले दिन एक सिम्फनी कॉन्सर्ट का आयोजन किया था, और इस अवसर के लिए जोहान्स को एकल पियानोवादक के रूप में आमंत्रित किया गया था। यह कार्यक्रम उसके करियर के लिए बेहद अहम था। लेकिन उसके साधारण से अपार्टमेंट में चल रहे नवीनीकरण कार्य ने उसे एकाग्र होने से रोक रखा था।

यही सोचकर जोहान्स के मन में एक विचार आया—क्यों न ग्रैंड कॉन्सर्ट हॉल में ही अभ्यास की अनुमति माँगी जाए? उसने सोचा, "यह बेहतर रहेगा। वहाँ के पियानो, मंच और माहौल की आदत भी हो जाएगी।"

यह भव्य स्थल अपनी अद्‌भुत वास्तुकला और समृद्ध संगीत विरासत के लिए प्रसिद्ध था। यहाँ अनगिनत महान संगीतज्ञों ने प्रस्तुति दी थी—ऐसे लोग जिन्होंने अपना पूरा जीवन संगीत को समर्पित कर दिया था और श्रेष्ठ बनने की चाह में अपनी जान तक गँवा दी थी।

मौका मिलने पर जोहान्स ने पूरे समर्पण के साथ अभ्यास शुरू किया। दिन रात में बदले और रातें सुबह में, लेकिन वह रुका नहीं। उसने पूरी लगन से नई धुन को परिपूर्ण बनाने की कोशिश की। फिर भी धीरे-धीरे उसे लगने लगा कि उसकी तरक्की थम रही है। बल्कि ऐसा महसूस होने लगा कि वह पिछड़ रहा है। यह चिंता और निराशा उसे भीतर तक परेशान करने लगी, लेकिन हार मानना उसके लिए विकल्प नहीं था।

कॉन्सर्ट से ठीक एक रात पहले, जोहान्स ने तय किया कि वह खुद को और आगे धकेलेगा। वह आधी रात तक पियानो बजाता रहा। उसकी

उंगलियाँ कीबोर्ड पर नृत्य कर रही थीं और आखिरकार, उसने वह रचना पूरी तरह से सिद्ध कर ली।

घड़ी ने ठीक बारह बजाए। उसने सोचा, "एक बार और बजा लूं, फिर निकलता हूँ।"

उसने जोशीली धुन से फिर से शुरुआत की, और कुछ पल के लिए सब कुछ बिल्कुल परफेक्ट लगा। लेकिन तभी, जैसे उंगलियों ने उसकी बात मानने से इनकार कर दिया हो, कई गलत सुर छेड़ गए। एक भयानक, बेसुरा स्वर पूरे हॉल में गूंज उठा।

उसी पल, हॉल की बत्तियाँ झिलमिलाईं और फिर पूरी तरह से बुझ गईं। जैसे पूरी कायनात ही उसके ख़िलाफ़ हो गई हो। गुस्से और निराशा में जोहान्स उठ खड़ा हुआ और तेजी से बाहर की ओर बढ़ा, बड़बड़ाते हुए कि सब कुछ कैसे गलत हो गया।

लेकिन जैसे ही वह दरवाज़े तक पहुँचा, एक जाना-पहचाना बेसुरा सुर हवा में फिर से गूंजा—वही जो उसने कुछ पल पहले गलती से बजाया था। डर के मारे उसने पलटकर देखा...

...और उसकी रूह काँप उठी—पियानो अपने आप बज रहा था। कोई अदृश्य हाथ मानो उस पर एक डरावनी धुन छेड़ रहा हो।

•20•

कृतज्ञता

तलाक के तनाव से उबरने और खुद को कुछ सुकून देने के लिए जूडी एक छोटे से ट्रॉपिकल द्वीप — सोलेइरा — की यात्रा पर गई। उसने पहले इस जगह का नाम भी नहीं सुना था, लेकिन ट्रैवल एजेंसी के कर्मचारी ने इसके समंदर, अनोखी संस्कृति और सबसे बढ़कर इसके खास त्योहार की इतनी तारीफ़ की कि जूडी मना नहीं कर सकी।

द्वीप सच में बेहद सुंदर था — हरे-भरे जंगल, रंग-बिरंगे पक्षी, और शांत समुद्र तट। जूडी हर पल का आनंद ले रही थी। लेकिन एक बात उसे परेशान करने लगी — यहाँ कानून और व्यवस्था की स्थिति काफी ढीली थी।

एक दिन, जब वह एक बीच क्लब में कॉकटेल पी रही थी, उसकी नजर दो भारी-भरकम आदमियों पर पड़ी, जो एक दस साल के लड़के से बहस कर रहे थे।

जूडी न्यायप्रिय स्वभाव की थी। उसने पहले भी कई बार दूसरों के लिए आवाज़ उठाई थी, और यह नज़ारा देखकर उसका खून खौल गया। हिम्मत जुटाकर वह लड़के की मदद करने जा पहुँची।

दोनों आदमी अपनी भाषा में उस पर चिल्लाने लगे, जो जूडी को बिल्कुल समझ नहीं आई। तभी वह बच्चा, एकदम साफ अंग्रेज़ी में बोला,

"ये लोग कह रहे हैं कि मैंने और मेरी दादी ने मुर्गे चुराए हैं और ये मुझसे पैसे माँग रहे हैं।"

“एक बच्चे से लड़ाई? शर्म नहीं आती क्या?” जूडी ने गुस्से में कहा। फिर उसने लड़के से पूछा, “कितने पैसे चाहिए इन्हें?”

लड़के ने रकम बताई, और जूडी ने तुरंत पैसे निकालकर उन आदमियों को दे दिए।

"लो, ले लो और अब इसे तंग मत करना।"

आदमी पैसे लेकर चले गए, और लड़का "धन्यवाद!" कहकर वहां से भाग गया।

जूडी थोड़ी परेशान और उलझन में थी। वह टूरिस्ट मार्केट की तरफ निकल गई ताकि मन शांत हो सके। उसने कई फोटो खींचे, लोकल खाना चखा, और तभी उसकी नज़र एक छोटे, रंग-बिरंगे तंबू पर पड़ी:

"मैडम लैला — भविष्य बताने वाली"

कोई लाइन नहीं थी, तो वह सीधे बैठ गई। मैडम लैला, चमकीले कपड़ों में, एक क्रिस्टल बॉल के सामने बैठी थीं।

"मुझे दिख रहा है, तुम्हारे जीवन में जल्द ही प्यार आने वाला है," उसने रहस्यमयी आवाज़ में कहा।

जूडी ने संदेह से मुस्कुरा दिया।

"और हाँ," लैला ने जोड़ा, "मुझे टूटा हुआ दिल भी दिख रहा है। शायद यही वजह है कि तुम सोलेइरा आई हो।"

"हम्म... हाँ, अभी हाल ही में तलाक हुआ है," जूडी ने स्वीकार किया।

"देखा? मुझे सब दिखता है। चाहो तो तुम्हारे पैसों का भविष्य भी बता सकती हूँ—बस पाँच डॉलर और लगेंगे।"

"नहीं, रहने दो," जूडी ने निराश होकर कहा और उठने लगी।

तभी बीच का वही बच्चा तंबू में दाखिल हुआ।

"हैलो!" लड़के ने जूडी से कहा, फिर जाकर मैडम लैला के कान में कुछ फुसफुसाया।

जूडी जैसे ही बाहर निकलने लगी, लैला ने आवाज़ दी:

"रुको! मेरे पोते ने बताया कि तुमने उसकी मदद की थी। इसलिए मैं तुम्हें एक ज़रूरी बात बताऊँगी — ध्यान से सुनो: कल, चाहे कुछ भी हो जाए, शाम के पाँच बजे से पहले साउथ बीच के पास मत जाना।"

"लेकिन त्योहार तो वहीं होता है..."

"माना कि पहले जो कहा वो सब शायद बकवास था, लेकिन ये चेतावनी असली है।"

"ठीक है, ध्यान रखूँगी। धन्यवाद।"

रास्ते भर जूडी सोचती रही — क्या सच में उसे साउथ बीच से दूर रहना चाहिए? मैडम लैला का तंबू मुर्गे के पंखों से सजा हुआ था, जो शायद चोरी के थे। फिर भी, जूडी ने उसके पोते की मदद की थी, और शायद बदले में उसे सच में एक चेतावनी मिली हो।

"बचाव में ही भलाई है," उसने खुद से कहा।

अगली सुबह जूडी ने बाज़ार में वक्त बिताया, खरीदारी की, लोकल स्नैक्स खाए, और वक्त का पता ही नहीं चला। शाम हो चुकी थी।

कुछ सोच नहीं पा रही थी, तो मन साफ़ करने के लिए बीच पर दौड़ने निकल पड़ी। कल जहाँ भीड़ थी, आज साउथ बीच एकदम सुनसान था। ये अजीब था, क्योंकि त्योहार तो शुरू हो चुका होना चाहिए था।

लेकिन मशालें अभी भी जल रही थीं। सूरज डूब रहा था, आसमान सुनहरा हो चला था। जूडी रुकी, दृश्य बहुत सुंदर था। उसने फ़ोन निकाला और समुद्र की एक फोटो खींचने लगी। ज़ूम करते ही... उसका दिल बैठ गया।

पानी में तैर रहे थे कटी गर्दनों वाले, नग्न शव — रंग-बिरंगे रंगों में पुते हुए। कुछ शव औंधे थे, जिनकी पीठ पर सोलेइरा की समुद्री देवी अलीएरा का चिन्ह जला हुआ था।

जूडी ने चीख को रोकने के लिए मुँह पर हाथ रखा। फ़ोन तुरंत जेब में डाला, और पीछे मुड़कर तेज़ी से अपने होटल की तरफ दौड़ पड़ी। किसी को कुछ बताए बिना उसने सामान पैक किया और उसी रात सोलेइरा से रवाना हो गई।

उसने कसम खाई—वो इस द्वीप को हमेशा के लिए अपनी यादों से मिटा देगी।

•21•

रात का डर

स्टेसी, एक मेहनती यूनिवर्सिटी की छात्रा, एक अजीब समस्या से जूझ रही थी। पिछले कई महीनों से, लगभग हर रात, वह आधी रात को अचानक घबरा कर उठ जाती थी — उसके मन और आत्मा को चिंता पूरी तरह जकड़ लेती थी। यह स्थिति उसके लिए काफी परेशानी भरी थी, क्योंकि स्टेसी हमेशा अपनी पढ़ाई को सबसे ज़्यादा प्राथमिकता देती थी, और अब जब उसके फाइनल एग्ज़ाम्स नज़दीक आ रहे थे, तो यह सब और भी तनावपूर्ण हो गया था।

एक आम रात, हमेशा की तरह, स्टेसी आधी रात को घबराकर जाग उठी। उसने खुद को समझाया कि यह बस उसकी चिंता का असर है। वह बिस्तर पर लेटी रही, कमरे में खिड़की से आती हल्की-सी रोशनी में उसकी नज़र कुर्सी पर रखे कपड़ों पर पड़ी। कपड़ों का वह ढेर एक डरावनी आकृति जैसा लगने लगा — मानो कोई इंसानी आकार ले चुका हो, जिसकी परछाईं दीवारों पर अजीब ढंग से नाच रही हो। स्टेसी ने कसकर अपनी आँखें बंद कर लीं, गहरी साँस ली, और एक से सौ तक गिनती करते हुए धीरे-धीरे नींद में चली गई।

सुबह जब वह उठी, तो उस "बहुत ही डरावने" कपड़ों के ढेर को देखकर उसे अपनी बेवकूफ़ी पर हँसी आ गई। उसने सिर हिलाया और अपने दिन में व्यस्त हो गई। सब कुछ ठीक था — जब तक कि फिर से रात नहीं आ गई, और आधी रात होते ही वह उसी जानी-पहचानी डर के साथ फिर से जाग उठी।

डरावनी रातें यूँ ही चलती रहीं, और हर बार स्टेसी खुद को मजबूर करती कि वह आँखें बंद करके वापस सो जाए। हर सुबह वह खुद को यही कहकर तसल्ली देती कि यह सब उसकी कल्पना का खेल था।

दिन बीतते गए, और स्टेसी इस असहज एहसास की कुछ हद तक आदी हो चुकी थी। लेकिन एक विशेष रूप से ठंडी रात, कुर्सी पर रखा कपड़ों का ढेर पहले से कहीं ज़्यादा डरावना लग रहा था। स्टेसी ने अपनी आँखें बंद कर लीं और खुद से कहा, "ये बस कपड़े हैं... बस कपड़े ही हैं।" उसका दिल धीरे-धीरे शांत हो ही रहा था, कि तभी उसे एक बात याद आई — वसंत आने वाली थी, और उसकी माँ ने सर्दी के सारे गर्म कपड़े पैक करके रख दिए थे। उस कुर्सी पर अब बस दो जींस की पैंट ही रखी होनी चाहिए थीं।

स्टेसी की आँखें झटके से खुलीं — और देखा कि वो कपड़ों का ढेर अब उस जगह पर था ही नहीं, जहाँ वह हर रात उसे देखती थी।

डरी हुई स्टेसी ने हिम्मत जुटाई, बिस्तर से बाहर निकली, और धीरे-धीरे कुर्सी की ओर बढ़ी। पास जाकर देखा — कुर्सी लगभग खाली थी, बस दो अनफोल्डेड पैंट रखी थीं।

"फिर से मेरी बेवकूफी भरी कल्पना रही होगी," स्टेसी ने सोचा, आँखें घुमाईं और सिर हिलाते हुए फिर से अपने बिस्तर में जा घुसी।

अब तो रात का डर उसे पूरी तरह से जगा चुका था। नींद वापस लाने की कोशिश में वह अपने फुलाए हुए कंबल के नीचे करवटें बदलती रही... जब तक कि उसे एक सर्द सच्चाई का एहसास नहीं हुआ — कि वह अपने बिस्तर में अकेली नहीं थी।

•22•

सावधानी में ही भलाई है

नाइट शिफ्ट में सिक्योरिटी गार्ड की नौकरी स्वीकार करना मेरी सबसे बड़ी गलतियों में से एक थी। मैं इसके लिए कभी बना ही नहीं था, लेकिन मजबूरी थी—मैं बेरोज़गार था और मेरे पास कोई और विकल्प नहीं था। कोई और मुझे काम पर रखने को तैयार नहीं था।

मैं 38 साल का, लंबा-चौड़ा आदमी हूँ जो नियमित रूप से वर्कआउट करता है, लेकिन फिर भी यह मानने में मुझे शर्म आती है कि मैं एकदम डरपोक हूँ। किसी से टकराव की स्थिति में मैं बेहद घबरा जाता हूँ, और जब बात गंभीर हो जाती है, तो मेरी हालत और भी बिगड़ जाती है।

अब मुझसे और सहा नहीं जाता, इसलिए मैं रोज़ नए नौकरी के विकल्प खोजता हूँ, इस उम्मीद में कि कुछ बेहतर मिल जाए। सारी रात अकेले जागना वैसे ही बुरा है, लेकिन तब तक सहने लायक होता है—जब तक बीती रात जैसी घटनाएँ दोबारा न हों। मैं अब भी उस पल को साफ़-साफ़ याद करता हूँ जब एक हथियारबंद लुटेरा इमारत में घुस आया था, और मुझे अपनी ड्यूटी निभाने की तैयारी करते हुए कैसा डर लगा था। शुक्र था कि अलार्म तुरंत बज गया और पुलिस समय पर पहुँच गई। मुझे खुद कुछ करने की ज़रूरत नहीं पड़ी, फिर भी वह रात बेहद तनावपूर्ण थी—खासकर तब जब मैंने देखा कि वह लुटेरा कोई और नहीं बल्कि माइक था, मेरा पुराना सहकर्मी।

अब, जब मैं अपनी कुर्सी पर बैठा जॉब लिस्टिंग्स देख रहा हूँ, मेरी नज़र अचानक सुरक्षा मॉनिटर्स पर जाती है—और मेरे रोंगटे खड़े हो जाते हैं।

वही दृश्य दोहराया जा रहा है: एक आदमी बंदूक लिए इमारत में घुस रहा है।

मैं खुद को शांत रखने की कोशिश करता हूँ, यह सोचकर कि इस बार भी अलार्म बजेगा और पुलिस आ जाएगी। लेकिन मिनट बीतते जाते हैं... और इस बार अलार्म नहीं बजता। लगता है अब मुझे ही कुछ करना होगा।

मैं हिम्मत जुटाकर कमरे से बाहर निकलने ही वाला होता हूँ कि एक बार फिर मॉनिटर की तरफ़ देखता हूँ—और तभी मेरी नज़र उस लुटेरे की गर्दन पर पड़े एक धुंधले से टैटू पर जाती है।

मैं तुरंत पहचान लेता हूँ—वो माइक है।

और उसी पल मैं फैसला कर लेता हूँ।

मेरी ज़िंदगी बहुत कीमती है। मैं इसे दोबारा जोखिम में नहीं डाल सकता। खासकर अब, जब मुझे याद आता है कि माइक को तो कल ही पुलिस ने मौके पर गोली मार दी थी।

•23•

झाँकना

एक बार की बात है, मैंने एक पुराना विक्टोरियन घर बहुत ही सस्ते दाम में खरीदा। घर शानदार हालत में था—बेहतरीन प्लंबिंग, कीमती पुराना फर्नीचर, और मजबूत लकड़ी के फर्श। हाँ, लकड़ी की ज़मीन थोड़ी चिरचिराती थी, और वॉलपेपर पुराने ज़माने का लग रहा था, पर ये सब मामूली बातें थीं।

कुल मिलाकर, यह सौदा बेमिसाल था। मुझे खुद पर शक हुआ—कहीं इसमें कोई चाल तो नहीं? शायद यह घर भूतिया हो? पर मैंने तो हमेशा यही समझा था कि भूत-प्रेत की बातें बच्चों को डराने के लिए बनाई जाती हैं।

थोड़ी-बहुत व्यवस्था करने के बाद, मैं आराम से वहाँ बस गया। सब कुछ बिल्कुल सही लग रहा था। सबसे अच्छा था—खिड़की से दिखने वाला दृश्य। लेकिन फिर कुछ अजीब होने लगा।

हर रात, एक लगभग दस साल का लड़का मेरी लिविंग रूम की खिड़की से झाँकता। वह दुबला-पतला था, बाल बिखरे हुए, और उसकी बड़ी-बड़ी आँखें मुझे घूरती रहतीं। जैसे ही मैं उठकर उसे भगाने की कोशिश करता, वह फुर्ती से भाग जाता।

मैंने कई बार पुलिस को बुलाया, लेकिन वह नटखट लड़का कभी नहीं दिखा जब वे आए। मेरे पास परदे थे, लेकिन अगर मैं हमेशा उन्हें बंद रखता, तो उस सुंदर नज़ारे का क्या फायदा? तो मैंने तय किया कि फिलहाल उसे नजरअंदाज़ करना ही बेहतर होगा। आख़िर वह बच्चा मुझे डराने की कोशिश कर रहा था—शायद चाहता था कि मैं सोचूँ कि वह

कोई भूत है, क्योंकि घर पुराना है और सबको पुराने घरों से डर लगता है।लेकिन मैं ऐसा बेवकूफ नहीं हूँ। इस महंगाई में कोई भूत-वूत नहीं होता!

एक दोपहर, जब मैं किराने की दुकान से लौट रहा था, एक बूढ़े आदमी ने मुझे रोका। उसने खुद को हैरोल्ड बताया—मेरा पड़ोसी। वह मेरे घर के बगल वाले कॉटेज में रहता था। मैंने सोचा, यह मौका अच्छा है—क्यों न इस खिड़की से झाँकने वाले लड़के के बारे में पूछ लिया जाए?

"अरे, वो छोटा शरारती?" हैरोल्ड बोला। "वो तो जॉर्ज होगा। अजीब सा बच्चा है, हमेशा ऐसा करता रहता है। चिंता मत करो, बस इतना ध्यान रखना कि वो घर के अंदर न आए।"

उसकी बात सुनकर मुझे राहत मिली। अगर हैरोल्ड को जॉर्ज के बारे में पता है, तो वह कोई असली बच्चा ही होगा, भूत नहीं।

दिन बीतते गए, और मैंने जॉर्ज पर ध्यान देना बंद कर दिया। धीरे-धीरे मैं उसके अजीब व्यवहार का भी आदी हो गया। पर एक रात कुछ अलग हुआ।

मैं हमेशा की तरह अपने आर्मचेयर पर बैठा था। मौसम बेहद खराब था—तेज़ हवा चल रही थी, इतनी कि कोई भी बाहर टिक नहीं सकता था। मैंने सोचा, आज तो जॉर्ज बिलकुल नहीं आएगा।

लेकिन तभी, आँखों के कोने में कुछ हलचल महसूस हुई। मैंने एक पन्ना पलटा, और पढ़ना शुरू करने से पहले खिड़की की ओर देखा।

मेरा दिल ज़ोर से धड़कने लगा।

वहाँ जॉर्ज था—पर इसमें नया क्या था?

नया यह था... वह अकेला नहीं था।

उसके बगल में, हवा में उल्टा लटकता हुआ एक और शख्स था। उसका चेहरा काँच से सटा हुआ था, और उसकी धँसी हुई आँखें मुझे घूर रही थीं। उसके होंठों पर एक टेढ़ी-मेढ़ी विकृत मुस्कान थी।

मैं उसे पहचानता था।

वह हैरोल्ड था।

•24•

लॉन्ग डिस्टेंस रिलेशनशिप

कई साल पहले, नाइजल की ज़िंदगी में एक अजीब घटना घटी थी। सर्दियों की एक ठंडी शाम को जब वह बेहद अकेला महसूस कर रहा था, तो उसने अपने ऑफिस में इकट्ठा किए गए स्थानीय अखबारों में छपे डेटिंग विज्ञापनों में फोन नंबर ढूंढकर अपना समय बिताना शुरू किया। मोटी तह में से आधे से ज़्यादा अखबार पलट चुकने के बाद वह लगभग हार मान ही गया था, जब उसकी नज़र एक परफेक्ट विज्ञापन पर पड़ी। महिला का नाम अन्ना था—32 वर्ष की शिक्षिका, जिसे खाना बनाना और किताबें पढ़ना पसंद था।

उत्सुकतावश, नाइजल ने तुरंत नंबर मिलाया। लेकिन कॉल के जवाब का इंतज़ार करते हुए उसने अख़बार की तारीख़ देखी—यह तीन महीने पुराना था। नाइजल ने निराशा में आकर फोन काटने ही वाला था कि तभी दूसरी ओर से एक आवाज़ आई।

"हैलो?"

"माफ कीजिए... मुझे ये पुराना डेटिंग विज्ञापन मिला और मैंने यूँ ही कॉल कर लिया। शायद अब तक आपको कोई मिल चुका होगा," नाइजल ने थोड़ी झिझकते हुए कहा।

"नहीं, मुझे अब तक कोई नहीं मिला," वह आवाज़ बोली।

अन्ना बेहद समझदार और दयालु महिला निकली, जिसमें ग़ज़ब का सेंस ऑफ ह्यूमर था। दोनों ने लगभग दो घंटे बातें कीं और फिर तय किया कि वे नियमित रूप से एक-दूसरे से बात करेंगे। समय के साथ नाइजल

को अन्ना पसंद आने लगी, लेकिन एक समस्या थी—जब भी वह मिलने की बात करता, अन्ना टाल जाती।

"माफ करना, लेकिन मैं मिल नहीं सकती। ये बहाना लग सकता है, पर सच्चाई ये है कि मैं एक कमरे में बंद हूँ, जिसका कोई पता नहीं है, और मैं बाहर नहीं निकल सकती। अगर तुम मुझसे नाराज़ हो जाओ तो मैं समझ सकती हूँ... पर मैं वाकई कुछ नहीं कर सकती। अब देर हो गई है, कल बात करते हैं।"

नाइजल उलझन में पड़ गया। वह सोचने लगा कि शायद अन्ना किसी मुश्किल हालात में है—शायद किसी ज़बरदस्ती की शादी में फंसी है या फिर जेल में?

"या फिर... वो दिखने में बहुत भयानक है," उसके सहयोगी जोश ने कॉफी ब्रेक के दौरान मज़ाक उड़ाया।

"जो भी हो, मुझे पता लगाना ही होगा कि वह क्या छिपा रही है।"

नाइजल उसे जानने के लिए इतना उत्सुक था कि उसने खुद ही जाँच शुरू कर दी। अन्ना की कुछ जानकारियाँ—जैसे उसकी माँ की बुकस्टोर का पता—पता होने के कारण सच तक पहुँचना ज्यादा मुश्किल नहीं था। लेकिन जो सच्चाई सामने आई, वह चौंकाने वाली थी: दो महीने पहले, अन्ना की एक ट्रेन दुर्घटना में मृत्यु हो चुकी थी।

"कृपया छोड़ दीजिए। ये हमारे लिए बहुत बड़ा दुख है। मैं अपनी परी के ग़म से उबर नहीं पाई," अन्ना की माँ की आवाज़ भर्रा गई। "कृपया जाइए, मैं और कुछ नहीं सुन सकती।"

"माफ कीजिए, मैं आपके जख्म कुरेदना नहीं चाहता था। मुझे लगा कोई मेरी भावनाओं के साथ खेल रहा है, किसी ने आपकी बेटी का पुराना नंबर इस्तेमाल किया।"

"आप क्या कह रहे हैं? वो मुमकिन ही नहीं है। हमने अन्ना को उसके फोन के साथ ही दफनाया था। यही उसकी आखिरी इच्छा थी। अन्ना को जिंदा दफनाए जाने का डर था। उसकी ये आखिरी ख्वाहिश हम नकार नहीं सकते थे।"

"ओह... ऐसा है क्या? माफ कीजिए कि मैंने आपको परेशान किया। अब मैं चलता हूँ।"

यह सुनकर नाइजल स्तब्ध रह गया, लेकिन सच जानने का उसका संकल्प अभी भी अडिग था।

"किसी ने उसका फोन चुरा लिया होगा," जोश ने कहा, जब दोनों काम से निकलकर बार की ओर जा रहे थे।

"मैंने भी यही सोचा था, पर फिर मैंने उसकी माँ के सोशल मीडिया अकाउंट्स देखे। और... यार, ये पागल कर देने वाला है!" नाइजल उत्तेजना में बोला, "वीडियो में अन्ना की आवाज़ बिलकुल वैसी ही थी जैसी फोन पर सुनाई दी थी। अब मैं उलझ गया हूँ—क्या अन्ना सच में मर चुकी है? या मुझे बेवकूफ बनाया जा रहा है? मैं अब कुछ समझ नहीं पा रहा हूँ!"

"सच जानने का एक तरीका है... तुम उसकी कब्र का पता जानते हो, है ना? क्यों न जाकर खुद ही देख लें?" जोश ने सुझाव दिया।

"क्या तुम पागल हो गए हो?! ऐसा मत कहो—सोचना भी मत!"

“ठीक है,” जोश ने कंधे उचकाए, और दोनों कुछ देर चुपचाप चलते रहे। तभी नाइजल रुक गया और बोला:

“क्या तुम सच में ऐसा सोचते हो?”

जोश ने उसकी आवाज़ में हिचकिचाहट और संभावित रोमांच की गंध सूंघ ली। वह मुस्कुराया और बोला,

“चलो, फावड़े ले आओ।”

सुबह के चार बजे, दोनों उस कब्रिस्तान पहुँचे जो शहर के बाहरी इलाके में था। वहाँ कब्रें कम थीं, इसलिए अन्ना की कब्र ढूँढना ज़्यादा मुश्किल नहीं था।

“मुझे यकीन नहीं हो रहा,” नाइजल बोला, लेकिन जोश पहले ही खुदाई शुरू कर चुका था।

लंबे समय की मेहनत के बाद, एक फावड़ा लकड़ी की किसी चीज़ से टकराया। मिट्टी और पानी ने उनके कपड़े गीले कर दिए थे। अब सच्चाई सामने लाने का समय आ गया था।

जैसे ही उन्होंने ताबूत खोला, सड़ी गली लाश की बदबू फैल गई। अन्ना सच में अंदर ही थी। लेकिन सबसे अजीब बात ये थी कि उसके शरीर की पोज़िशन बदली हुई लग रही थी। और उससे भी ज़्यादा चौंकाने वाली बात—उसका मोबाइल फोन उसके पास था... चालू हालत में, जिसकी स्क्रीन कब्र की खुदी हुई मिट्टी को रोशन कर रही थी।

काँपते हाथों से नाइजल ने वो फोन उठाया और कॉल हिस्ट्री चेक की:

“नाइजल: आउटगोइंग कॉल, आज सुबह 4:13 AM”

उसके गले में सिहरन-भरी चीख अटक गई। उसने जल्दी से अपने गीले, कीचड़ लगे जीन्स से अपना फोन निकाला और स्क्रीन ऑन की—

“अन्ना <3 : मिस्ड कॉल, आज सुबह 4:13 AM”

•25•

अंधेरे में इंतज़ार

आधी रात हो चुकी है, और मैं अपने पुराने, घिसे हुए सोफ़े पर लेटा हूँ। कमरे में पूरी तरह अंधेरा है, बस मेरे फ़ोन की स्क्रीन की हल्की रोशनी है जो थोड़ा उजाला फैला रही है। मैं पहले ही हर सोशल मीडिया ऐप खंगाल चुका हूँ, हर लेख पढ़ चुका हूँ, और भले ही मुझे नींद से बुरा हाल हो रहा है, फिर भी मैं फ़ोन नीचे नहीं रख पा रहा।

न केवल फ़ोन नहीं रख पा रहा, बल्कि अपनी नज़रें भी नहीं हटा पा रहा। क्योंकि मेरी नज़र के कोने से, मैं देख रहा हूँ—एक डरावना प्राणी, जो मेरे बेडरूम के आधे खुले दरवाज़े से मुझे घूर रहा है।

उस प्राणी की आंखें भयंकर हैं, शरीर हड्डियों-सा पतला, और भयानक। वो दरवाज़े के पीछे खड़ा है... इंतज़ार कर रहा है कि मैं उसकी मौजूदगी को स्वीकार करूँ। मेरे भीतर कहीं एक आवाज़ कह रही है—अगर मैंने अपना चेहरा स्क्रीन से हटाया, हल्की सी भी हरकत की, डर ज़ाहिर किया... या नींद में चला गया, तो मैं बहुत बड़े खतरे में पड़ जाऊँगा।

डर ने मुझे जकड़ लिया है। अब और सहन नहीं हो रहा। दीवार पर लगी घड़ी की टिक-टिक कानों में गूंज रही है—हर एक सेकंड जैसे सदियों जितना लंबा लग रहा है।

मैं क्या करूँ? सन्नाटा ऐसा है कि कानों में चीख जैसा महसूस होता है। कभी-कभी पुरानी लकड़ी की ज़मीन चरमराती है, या दरवाज़ा धीमे से खड़खड़ाता है। खिड़की की दरारों से हवा सीटी जैसी आवाज़ निकालती है, माहौल और भी डरावना बन गया है।

मुझे याद है, मकानमालकिन ने मुझे चेताया था कि यह घर भूतिया है—पर मैंने कभी विश्वास नहीं किया।

अब तक नहीं किया था।

अब मैं इस जीते-जागते भयानक सपने में फँसा हुआ महसूस कर रहा हूँ। हर बीतता हुआ पल मुझे उस अज्ञात डरावनी चीज़ के और करीब ले जा रहा है।

सवेरा होने में अभी बहुत वक्त बाकी है—और मेरा फ़ोन? सिर्फ़ 3% बैटरी बची है...

•26•

खोज

डेव एंडरसन, एक शरारती हाई स्कूल छात्र, स्कूल की खाली लाइब्रेरी की सफाई कर रहा था—सज़ा के तौर पर।

वो अनमने मन से विशाल कमरा झाड़ू लगाते हुए बड़बड़ाता रहा, शिकायत करता कि अगर उसका सबसे अच्छा दोस्त मार्क पिछले हफ्ते लापता न हुआ होता, तो यह सज़ा इतनी उबाऊ न लगती। आख़िरकार, वे दोनों हमेशा साथ ही शैतानियाँ करते थे।

डेव ने सफाई पर ज़्यादा ध्यान नहीं दिया। लगभग तीस मिनट बाद, बोरियत ने उसे पूरी तरह जकड़ लिया, और उसने झाड़ू को पास के कोने में फेंक दिया।

समय बिताने के लिए उसने कुछ मज़ेदार ढूँढ़ने का फैसला किया। किताबें पढ़ना तो उसके लिए नामुमकिन था, इसलिए वह एक टूटी हुई अलमारी की ओर बढ़ा, जो पुराने पज़ल्स, टूटे-फूटे खिलौनों, और बोर्ड गेम्स से भरी हुई थी।

कुछ मिनटों की तलाश के बाद, डेव की नज़र एक बड़ी काली-सफेद तस्वीर पर पड़ी जो सबसे नीचे रखी थी। यह एक असहज करने वाली तस्वीर थी, जिसमें भीड़भाड़ वाला कमरा दिखाया गया था। तस्वीर के नीचे एक लाइन लिखी थी:

"अतिरिक्त व्यक्ति को खोजो।"

उत्सुकता से भरकर डेव ने तस्वीर को ध्यान से देखना शुरू किया।

तस्वीर में दिखाया गया कमरा उसे उस लाइब्रेरी जैसा लग रहा था जिसमें वह खड़ा था—शायद वही लाइब्रेरी थी, नवीनीकरण से पहले की। जैसे-जैसे डेव ने तस्वीर को देखा, तस्वीर में मौजूद लोगों के चेहरे और हावभाव अजीब लगने लगे—डरावने भी।

फिर भी, डेव ने हार नहीं मानी और लगातार नज़रें गड़ाए तस्वीर को देखता रहा, "अतिरिक्त व्यक्ति" को ढूँढ़ने के लिए।

घंटों बीत जाने जैसे लगने के बाद, डेव की आँखें चौड़ी हो गईं। उसे आखिरकार मार्क दिखा—उसका लापता दोस्त—तस्वीर में एक खंभे के पीछे से झाँकता हुआ। मार्क का चेहरा बेहद पीला था, और उसकी आँखें गहरी धँसी हुई थीं।

डेव का दिल तेज़ी से धड़कने लगा। वह तस्वीर को और गहराई से देखने लगा—और तभी, एक और भयानक चीज़ देखी: वह खुद भी तस्वीर में खड़ा था—मार्क के बगल में—डरा हुआ चेहरा लिए हुए।

घबराकर डेव ने तस्वीर ज़मीन पर फेंक दी और दरवाज़े की ओर दौड़ा, लेकिन अजीब बात थी—वह कहीं जा ही नहीं पा रहा था। उसके पैर तो चल रहे थे, मगर ऐसा लग रहा था जैसे वह एक ट्रेडमिल पर फँसा हो—एक ही जगह दौड़ता हुआ। धीरे-धीरे उसकी ताकत ख़त्म होने लगी, और तभी पूरी लाइब्रेरी में एक दिल दहला देने वाली चीख गूंज उठी।

शाम को, स्कूल की सफाईकर्मी मिसेज़ लार्किन्स ने लाइब्रेरी का दरवाज़ा खोला ताकि डेव को घर भेजा जा सके, लेकिन कमरा खाली था। उन्हें लगा कि डेव नियम तोड़कर पहले ही चला गया होगा, तो उन्होंने कंधे उचका दिए और लाइब्रेरी बंद कर दी—ज़मीन पर पड़ी वही काली-सफेद तस्वीर छोड़ते हुए।

उस रात के बाद से, डेव भी अपने सबसे अच्छे दोस्त मार्क की तरह लापता हो गया। तुरंत एक जांच शुरू हुई, लेकिन महीनों की तलाश के बावजूद कुछ हाथ नहीं लगा, और धीरे-धीरे यह मामला भी अनसुलझी फाइलों में शामिल हो गया।

•27•

उइजा

उइजा बोर्ड कभी मत खेलना! कभी नहीं!

मैं जो कहानी सुनाने जा रहा हूँ, वो 1994 में बॉस्टन में घटी थी। उस समय मैं हाई स्कूल में था। मेरी चार क्लासमेट्स और मैं केमिस्ट्री क्लास में पढ़ाई के बजाय इधर-उधर की बातें कर रहे थे। तभी हमारे दोस्त जेसी ने उइजा बोर्ड का जिक्र किया। ये पहली बार था जब मैंने इस आध्यात्मिक खेल का नाम सुना था, और एक अनजान सत्रह साल के लड़के के लिए ये बेहद रोमांचक लगा।

मुझे ही नहीं, हम सभी को इसे खेलने की बड़ी उत्सुकता हुई। इसलिए हमने तुरंत फैसला किया कि स्कूल खत्म होने के बाद बोर्ड खरीदेंगे और स्कूल की सबसे ऊपरी मंज़िल पर जाकर खेलेंगे—जहां उस समय मरम्मत का काम चल रहा था और कोई नहीं जाता था।

बोर्ड खरीदने के बाद हम स्कूल पहुँचे। हमें चुपचाप अंदर घुसने का रास्ता पता था, क्योंकि हम पहले भी कई बार स्कूल से चुपचाप निकले थे। आख़िरकार, हम पांचों—मैं, जेसी, कायडन, एंजेला और बेक्का—ऊपरी मंज़िल के एक सुनसान कमरे में पहुँच गए।

हमने सूरज डूबने का इंतज़ार किया, ताकि माहौल थोड़ा डरावना हो जाए। फिर खेल शुरू हुआ। बेक्का ने मोमबत्तियाँ जलाईं। हम एक गोल घेरा बनाकर बैठे और बोर्ड पर अपनी-अपनी उंगलियाँ प्लैंचेट पर रखीं।

जेसी ने सवाल पूछना शुरू किया:

"कोई यहाँ है?"

प्लैंचेट "हाँ" की ओर सरक गया।

"क्या तुम हमें सुन सकते हो?"

"हाँ।"

"तुम्हारा नाम क्या है?"

"टेलर।"

"क्या तुम यहाँ स्कूल में पढ़ते थे?"

"नहीं।"

"तो फिर तुम कौन थे?"

"सफाईकर्मी।"

अब कायडन ने सवाल किया,

"तुम कब मरे?"

प्लैंचेट ने लिखा: "1967।"

हम सबने एक-दूसरे की ओर देखा।

माना कि कोई न कोई प्लैंचेट को घुमा रहा होगा, एंजेला ने मजाक में पूछ लिया:

"तुम्हारी मौत कैसे हुई?"

"हत्या।"

"अब मज़ा आ रहा है!" बेक्का हँसी और एंजेला भी साथ में हँसने लगी।

“रुको यारो, संभल के। ये खतरनाक हो सकता है,” मैंने डरते हुए कहा।

“हाँ, अगर आत्मा असली है तो?” जेसी ने भी मेरी हाँ में हाँ मिलाई।

“अरे, खेल का मज़ा खराब मत करो,” कायडन ने शिकायत की, फिर पूछा:

“तुम हमसे क्या चाहते हो?”

“शरीर।”

“क्या बात है!” एंजेला ने ताना मारा। “तो तुम हममें से किसी का शरीर चाहते हो?”

“हाँ।”

काफ़ी हँसी-मज़ाक और हिचकिचाहट के बाद हमने एक खेल खेला—कागज के टुकड़ों में नाम डालकर चुना कि किसका शरीर "दिया" जाएगा। दुर्भाग्य से नाम निकला: एंजेला।

“मैं तुम्हें अपने शरीर में प्रवेश की अनुमति देती हूँ,” एंजेला बोली। और फिर सन्नाटा छा गया।

हम सबने देखा कि उसका शरीर कुछ सेकंड्स के लिए कांपा। फिर वो उठी, बिना किसी भाव के, और कमरे में रखे पुराने ब्लैकबोर्ड की ओर बढ़ी।

“अरे वाह!” कायडन बोला, “इसका एक्टिंग टैलेंट ठीक-ठाक है। थोड़ी ट्रेनिंग की ज़रूरत है, पर मूवमेंट्स बढ़िया हैं। चेहरा थोड़ा बेवकूफ लग रहा है बस।”

हम सब हँसने लगे, मानो वह बस कोई मज़ाक कर रही हो। हमने कहा, "ठीक है, अब बंद करो ये नाटक।" लेकिन तभी एंजेला ने ब्लैकबोर्ड को दीवार से उखाड़कर ज़मीन पर पटक दिया। हम सब दंग रह गए।

उसने ब्लैकबोर्ड के पीछे छुपा एक छिपा हुआ हिस्सा खोला—और वहाँ से निकाला एक ज़ंग लगा कुल्हाड़ा।

"एंजेला, बस करो! ये मज़ाक नहीं है!" जेसी चिल्लाया और उसकी ओर भागा—लेकिन एंजेला ने कुल्हाड़े से उसकी गर्दन पर वार कर दिया।

मुझे आज भी वो खौफनाक मंजर याद है—लेकिन उसके बाद क्या हुआ, याद नहीं।

आखिरी याद बस इतनी है कि मैं स्कूल के सामने की सड़क पर बदहवास दौड़ रहा था—जब एक कार से हल्की टक्कर हो गई।

अगली सुबह, खबर फैल गई। चार छात्र—जेसी, कायडन, बेक्का और खुद एंजेला—स्कूल में मृत पाए गए। सभी के शरीर पर कुल्हाड़े के गहरे घाव थे।

मैं बच गया। लेकिन किस कीमत पर?

मैं एक से एक थेरेपी करता हूँ, लेकिन कोई असर नहीं होता। हर सेकंड, हर मिनट वो रात मेरे ज़हन में ज़िंदा रहती है। हर रात, डरावने सपनों में वही सफाईकर्मी—एक मध्यम उम्र का आदमी—खून से सनी कुल्हाड़ी लेकर मेरा पीछा करता है।

भगवान के लिए, उइजा बोर्ड कभी मत खेलो।

•28•

जंगल की खोज

करीब एक साल पहले, मैंने आखिरकार अपने दोस्तों के साथ उस जंगल में ट्रेकिंग पर जाने के लिए हाँ कर दी, जो मेरे गृहनगर के पास है—हालाँकि उन्हें मुझे मनाने में बहुत समय लग गया। मैं आमतौर पर जंगलों से दूर ही रहता हूँ, क्योंकि बचपन की एक अप्रिय और बेहद डरावनी याद आज भी मेरे मन में ज़िंदा है। लेकिन दोस्तों की योजना इतनी मज़ेदार लगी कि आख़िरकार मैं मना नहीं कर पाया।

हाइकिंग का दिन आ पहुँचा। मैं और मेरे तीन दोस्त एक पुराने रास्ते पर चल पड़े जो घने जंगल के बीच से होकर जाता था। जैसे-जैसे हम आगे बढ़े, रास्ता मुझे कुछ जाना-पहचाना सा लगने लगा। मुझे याद आया कि बचपन में मेरे माता-पिता मुझे अक्सर यहीं घुमाने लाते थे—हर हफ्ते—जब तक कि एक दिन ऐसा कुछ नहीं हुआ, जिसने सब कुछ हमेशा के लिए बदल दिया।

मुझे वह दिन अच्छी तरह याद है। हम हमेशा की तरह हरियाली से भरे जंगल में घूम रहे थे। मैं उत्सुकता में अपने पापा से थोड़ा आगे निकल गया, नए रास्तों की तलाश में। तभी मेरी नज़र एक अजीब-से पेड़ पर पड़ी। वह पेड़ एक चेहरे जैसा लग रहा था—एक डरावना चेहरा। उसकी दो चमकदार, गीली काली गाँठें आँखों जैसी थीं, जिनसे कुछ स्राव हो रहा था, मानो आँसू बह रहे हों, और बीच में एक दरार थी जो मुँह जैसी लग रही थी।

मैं पीछे मुड़ने ही वाला था कि तभी मुझे एक धीमी, कराहती सी आवाज़ सुनाई दी—जैसे कोई पीड़ा में हो। डर के बावजूद, मैं थोड़ा और पास

गया, और फिर देखा—उस पेड़ का "मुँह" धीरे-धीरे हिल रहा था, बहुत हलके से, लेकिन साफ़ दिखाई दे रहा था।

सुनने में पागलपन लगता है, है ना? यही मेरे माता-पिता ने भी सोचा जब मैं भागता हुआ उनके पास पहुँचा—ऐसा लग रहा था जैसे मैं मीलों दौड़ आया हूँ। मेरी बहन ने तो बाद में मज़ाक में उस पेड़ की तुलना एक मशहूर एनिमेटेड फिल्म के किरदार से कर दी।

खैर, अब जब मैं अपने दोस्तों के साथ ट्रेक पर था, तो मैंने खुद को समझाया कि वो सब बस बचपन की कल्पना रही होगी। हम सब बहुत मस्ती कर रहे थे—प्रकृति का आनंद ले रहे थे, बोनफ़ायर जलाया, चुटकुले सुनाए। सब कुछ एकदम परफेक्ट था... जब तक कि मैंने फिर से वही आवाज़ नहीं सुनी—बिलकुल वैसी ही, जैसी उस पेड़ से आई थी।

मैं डर के मारे घबरा तो गया, लेकिन पागल या अजीब लगने के डर से चुप रहा। मैंने सोचा कि शायद किसी और को भी सुनाई दे... पर किसी ने कुछ नहीं कहा। लेकिन वो बेचैनी, वो डर का अहसास मेरे भीतर से जा ही नहीं रहा था। मुझे यकीन हो गया कि मुझे फिर से वहाँ जाना होगा... यह पता लगाने के लिए कि वो याद वाकई सच थी या नहीं।

मैंने अपने दोस्तों से कहा कि मुझे कुछ देर अकेले रहना है, और खुद अकेला जंगल के और अंदर चला गया।

चलते चलते मैंने खुद को समझाने की कोशिश की—"इस बार सब ठीक रहेगा। जो कुछ भी बचपन में देखा था, अब उसका कोई तार्किक जवाब मिल जाएगा।"

लेकिन मैं गलत था।

वो दृश्य आज भी मेरी रूह कंपा देता है—वही डरावना पेड़, जैसे वक्त ने उसे छुआ तक न हो। बस एक फर्क था—इस बार उसकी कराहती आवाज़ में साफ़ शब्द सुनाई दे रहे थे:

"मदद करो... दर्द हो रहा है... मदद करो..."

जैसे ही मैंने ये सुना, मैं वहाँ से दौड़ पड़ा, बिना पीछे देखे, बिना रुके, तब तक दौड़ता रहा जब तक जंगल से बाहर नहीं निकल आया। और उस वक्त मैं अपने पीछे तीन दोस्तों को छोड़ आया—उन्हें पूरी तरह भूल ही गया।

अब उस घटना को एक साल हो चुका है, लेकिन वह दिन आज भी हर रोज़ मेरे ज़ेहन में घूमता है। वो बात करता हुआ पेड़ डरावना था, हाँ... लेकिन क्या तुम जानते हो उससे भी बुरा क्या था?

मेरे तीनों दोस्त कभी जंगल से बाहर नहीं आए।

वे अब तक लापता हैं।

कोई नहीं जानता, वे कहाँ गए।

•29•

रोमांचक मुलाक़ात

लियाम और एमा, एक युवा जोड़ा, अपनी पहली डेट को लेकर बेहद उत्साहित थे। उन्होंने हाल ही में खुले मनोरंजन पार्क "पैराडाइज़ हिल्स" को चुना था। तरह-तरह की ज़बरदस्त राइड्स का मज़ा लेने और ढेर सारी कॉटन कैंडी खाने के बाद लियाम ने महसूस किया कि एमा का उत्साह थोड़ा कम हो रहा है। दिन को यादगार बनाने के इरादे से उसने सुझाव दिया कि वे पार्क के भूतिया घर में जाएँ—एक छोटा-सा भवन जो देखने में अधूरा और अजीब तरह से रंग-बिरंगा लग रहा था।

जैसे ही दोनों उस डरावने घर के अंदर दाखिल हुए, दरवाज़ा अचानक उनके पीछे बंद हो गया, और चारों ओर अंधेरा छा गया। हवा में एक अजीब-सी घुटन थी, और दूर-दूर तक फैली हुई डरावनी चीखें सुनाई दे रही थीं—जिनका मक़सद पर्यटकों को डराना था। सामने बहुत हल्की रोशनी झिलमिला रही थी, एमा ने डर के मारे लियाम का हाथ कसकर पकड़ लिया और दोनों ने अंधेरी गलियों में आगे बढ़ना शुरू किया।

अचानक, लाइटें टिमटिमाने लगीं—कभी जलतीं, कभी बुझतीं—और धूसर दीवारों पर डरावनी परछाइयाँ नाचने लगीं। सजावटें इतनी असली लग रही थीं कि उनमें भेद कर पाना मुश्किल था: कटे हुए अंग और चीर-फाड़ किए गए शव—कुछ ज़मीन पर बिखरे हुए, कुछ छत से झूलते हुए। एमा की चीख निकल गई जब उसने एक सिर-कटा शरीर देखा जो बेहद भयानक लग रहा था।

डर के बावजूद दोनों गलियों से गुज़रते गए, जल्द से जल्द बाहर निकलने की कोशिश करते हुए। कुछ मिनटों की दौड़ के बाद, वे एक विशाल

आदमी के सामने आ गए, जो खून से सने एप्रन और चेहरे पर लाल मास्क पहने खड़ा था। उसके हाथ में एक विशाल चाकू था, और होंठों पर एक दहशत फैलाने वाली मुस्कान। दोनों ने एक साथ चीख मारी और अलग-अलग दिशाओं में भाग निकले।

एमा एक संकरी लेकिन ज़्यादा रोशन रास्ते की ओर भागी, उसका दिल ज़ोरों से धड़क रहा था। उसे लियाम की आवाज़ सुनाई दे रही थी जो उसका नाम पुकार रहा था, मगर डर के मारे वह जवाब नहीं दे सकी। दूसरी ओर, लियाम अंधेरे गलियारों की भूलभुलैया में उलझ गया। वह चाहे जिस भी रास्ते पर जाता, हर बार उसी जगह वापस आ जाता।

कई मिनटों के बाद, लियाम को एक दरवाज़ा दिखाई दिया, जिसके ऊपर "EXIT" की चमकती हुई नेमप्लेट लगी थी। राहत की सांस लेते हुए वह दरवाज़े की ओर दौड़ा। जैसे ही वह हैंडल तक पहुँचने ही वाला था, ऊपर से कोई भारी चीज़ उसके सामने गिर गई। वह घबरा कर ऊपर देखता है—और उसे जो दिखा, उसने उसकी रूह कंपा दी।

एमा की लाश एक रस्सी से झूल रही थी—बिलकुल निश्चल, धीरे-धीरे हिलती हुई।

लियाम ने बेतहाशा कोशिश की कि किसी तरह उसे बचा सके, लेकिन बहुत देर हो चुकी थी—एमा अब इस दुनिया में नहीं थी। उसकी आँखों से आँसू बहने लगे, और दिल चीख उठा, जब उसने अपनी प्रेमिका की दर्दनाक मौत को समझा।

बिना कोई चारा बचे, लियाम ने एमा के शव को वहीं छोड़ दिया और EXIT दरवाज़े की ओर बढ़ गया। जैसे ही उसने दरवाज़ा खोला, यह सोचते हुए कि अब वह सुरक्षित होगा, सामने का दृश्य उसे जड़ कर गया।

उस कमरे में, जो बमुश्किल रोशन था, वही विशाल, नकाबपोश दरिंदा उसका इंतज़ार कर रहा था।

उस राक्षस जैसे आदमी की खौफ़नाक हँसी कमरे में गूंजने लगी। उसने अपनी बड़ी छुरी ऊपर उठाई, और अगली आवाज़ थी—लियाम की अंतिम चीख, जो एक ही वार में हमेशा के लिए ख़ामोश हो गई।

•30•

बूगीमैन

एक परिवार में एक ज़िद्दी बच्चा रहता था, फ्रैंकी। उसकी माँ ने उसे अनुशासित करने के लिए कई तरकीबें आज़माईं, लेकिन अंत में एक साधारण सी कहानी ही सबसे असरदार साबित हुई — बूगीमैन की कहानी। इसी वजह से उसके माता-पिता अकसर बूगीमैन का डर दिखाया करते थे।

"सब्ज़ियाँ खा लो, फ्रैंकी, नहीं तो बूगीमैन आ जाएगा," उसकी माँ रात के खाने के वक़्त चेतावनी देती। कभी-कभी उसके पिता भी जोड़ते, "सोने जाओ, फ्रैंकी, वरना बूगीमैन तुम्हें ले जाएगा।"

शुरुआत में ये चेतावनियाँ जादू की तरह काम करती थीं। बूगीमैन से डरे हुए फ्रैंकी बिना किसी बहस के चुपचाप खाना खा लेता और सीधे सोने चला जाता। अपने पसंदीदा टेडी बियर को कसकर पकड़कर वह बिस्तर में एकदम शांत लेटा रहता, इस उम्मीद में कि बूगीमैन नहीं आएगा।

लेकिन वक़्त के साथ-साथ फ्रैंकी और ज़्यादा हठी होता गया। एक शाम, जब उसे फिर से कहा गया, "खाना खत्म करो, नहीं तो बूगीमैन आ जाएगा," तो उसने ऊपर देखा और बेरुख़ी से कहा, "नहीं।"

"ओह? क्यों नहीं? क्या तुम चाहते हो कि बूगीमैन तुम्हें लेने आ जाए?" उसकी माँ ने पूछा।

"कोई फ़र्क नहीं पड़ता, मम्मी। मैंने आप और पापा की सारी बातें मानीं, लेकिन फिर भी बूगीमैन आता है... और वो कहीं नहीं जाता।"

उसकी माँ पहले तो हैरान हुई, फिर थोड़ा हँसते हुए बोली, "सच में? बूगीमैन कहाँ है, बेटा?"

फ्रैंकी ने एकदम शांत आवाज़ में इशारा करते हुए कहा, "वो तो अभी आपके ठीक पीछे खड़ा है।"

उसकी माँ मुस्कराई, यह सोचकर कि यह भी फ्रैंकी की कल्पनाओं में से एक है। लेकिन जैसे ही उसने सिर घुमाया, उसका चेहरा पीला पड़ गया। दीवार पर उसकी अपनी परछाईं के बगल में एक और परछाईं थी—एक लंबी, भारी-भरकम परछाईं।

•31•

बस एक मज़ाक

दो सबसे अच्छे दोस्त, कार्लोस और एडी, नविला नामक गाँव में घूमने आए थे। वहाँ पहुँचते ही वे कार्लोस की दादी के पुराने घर में ठहरे। उसी शाम उनके पड़ोसी राउल मिलने आया। बातचीत के दौरान उसने जो कहानी सुनाई, उसने दोनों दोस्तों की दिलचस्पी बढ़ा दी।

राउल ने गाँव के एक सुनसान घर की बात की, जहाँ उसने एक भूत को देखने का दावा किया—एक ऐसा भूत जिसकी त्वचा कागज़ की तरह सफेद थी, आँखें गहरी काली, और हाथ में एक बड़ी दरांती।

"वाह राउल, लगता है तूने कुछ ज़्यादा ही गांजा पी लिया है। अगली बार हमें भी बताना, कहाँ से मिला," कार्लोस ने मज़ाक किया, लेकिन उसकी दादी ने तुरंत उसकी गर्दन पर एक थप्पड़ जड़ दिया।

जैसे ही दादी कमरे से बाहर गईं, एडी उत्साह से बोला,

"क्यों न हम उस घर को खुद जाकर देखें?"

"वो ख़तरनाक है," राउल ने हिचकिचाते हुए कहा।

"अरे यार, हम तीन लोग हैं, जो भी होगा, मिलकर निपट लेंगे," एडी ने ज़ोर देकर कहा।

"ठीक है, कल शाम चलते हैं," कार्लोस भी मान गया। आखिरकार, वे राउल को भी मनाने में कामयाब हो गए।

अगली शाम जब सूरज अब भी आकाश में ऊँचा था, तीनों नविला के उस सुनसान घर के आँगन में पहुँचे। राउल को छोड़कर बाकी दोनों में

कोई डर नहीं था। असल में, कार्लोस और एडी ने पहले ही एक शरारत की योजना बना रखी थी ताकि राउल को डरा सकें। कार्लोस अपने बैग में अपनी दादी की काली ओढ़नी और कुछ सफेद मेकअप पाउडर लाया था। उसका इरादा था भूत बनकर राउल को डराना।

पुराने, धूल-भरे, मकड़ी के जालों से भरे उस घर में कदम रखते ही तीनों अलग-अलग कमरों में घूमने लगे। हर बार जब फर्श चरमराता या टूटी खिड़कियों से हवा की आवाज़ आती, राउल जाहिर तौर पर घबरा जाता। पहले तो एडी और कार्लोस उसका मज़ाक उड़ाते रहे,

"अरे, ये तो चूहे होंगे या फिर हवा,"

लेकिन फिर उन्होंने आपस में फुसफुसाते हुए योजना बनाई और दिखावा किया कि वे भी डर गए हैं।

"हाँ यार, शायद सच में कोई आत्मा है। चलो, हम तीनों अलग-अलग होकर ढूंढते हैं," उन्होंने कहा।

फिर वही किया गया। कार्लोस जल्दी से ऊपर की एक छोटी सी कमरे में भागा ताकि भूत की वेशभूषा पहन सके। वह टूटी हुई दरारों वाले आईने में अपने चेहरे पर पाउडर लगा ही रहा था कि तभी एक भयानक चीख सुनाई दी।

कार्लोस फौरन नीचे की ओर भागा, सोचते हुए कि शायद एडी ने शरारत शुरू कर दी है।

जैसे ही वह नीचे पहुँचा, उसने देखा कि एडी सीढ़ियों के पास खड़ा हँसी से लोटपोट हो रहा है।

"क्या बात है यार! तूने तो सच में उसे डरा दिया!" एडी बोला।

"मैंने? मैं तो अभी तक अपना मेकअप भी पूरा नहीं कर पाया," कार्लोस ने उलझन में जवाब दिया।

"अरे, तू ही तो था जो भागता हुआ मेरे पास से गुज़रा और राउल के पीछे गया!"

"नहीं..." कार्लोस ने कहा। कमरे की हवा एकदम ठंडी हो गई।

तभी उन्हें एहसास हुआ कि कुछ बहुत गड़बड़ है। उन्होंने वह दिशा पकड़ी जहाँ से राउल भागा था। ऊपर दूसरी मंज़िल पर, एक अंधेरे गलियारे में उन्हें जो मिला, उसने उनके होश उड़ा दिए—राउल का शव, बुरी तरह से कटा हुआ, लहूलुहान हालत में पड़ा था।

दोनों दोस्त घबरा गए और भागने लगे, लेकिन तभी एडी फिसल गया। जैसे ही वह उठने ही वाला था, उसने देखा कि कोई उसके पास आ रहा है। पहले तो वह राहत महसूस कर रहा था, यह सोचकर कि कार्लोस होगा।

लेकिन जब उसने ऊपर देखा, उसका दिल दहल गया।

वो कार्लोस नहीं था।

वो वही था जिसका ज़िक्र राउल ने किया था—सफेद चमड़ी वाला, काली आँखों वाला, और एक विशाल दरांती लिए खड़ा भयानक भूत।

एडी की चीख पूरे घर में गूंज उठी।

कार्लोस, जो पहले ही आँगन तक पहुँच चुका था, पीछे मुड़ा और एक झलक में सब कुछ देखकर, अपनी ज़िंदगी की सबसे तेज़ दौड़ लगाकर वहाँ से भाग निकला।

•32•

देर रात की सोच

एक महिला रात के सन्नाटे में शांत सड़क पर टहल रही है। उसकी सोचें रात के अंधेरे में भटकती फिर रही हैं:

"करीब एक घंटा हो गया है, मैं यहाँ भटक रही हूँ, और फिर भी मुझे उसके पास आने का एहसास हो रहा है। वह मेरा पीछा कर रहा है। हमारे अलावा सड़क पर और कोई नहीं है—सिर्फ चाँद की हल्की रोशनी है। थोड़ी ही दूर पर एक अंधेरी गली आने वाली है, लेकिन मैं अपनी चाल तेज नहीं कर रही। मेरे चेहरे पर ज़रा भी डर नहीं झलकता।

शायद मुझे उसे बता देना चाहिए कि पेड़ों के पास छिपना बेकार है—मैं उसे देख सकती हूँ। लेकिन नहीं, कोई बात नहीं। जल्दी ही हम उस गली में पहुँचेंगे... और फिर मैं उसे दिखाऊँगी कि मरे हुए का पीछा करना कितनी बड़ी मूर्खता है।"

•33•

मेहमान

एलन एक सामान्य बच्चा था जिसे अपने छोटे से शहर ऑर्सबर्न के खेल मैदान में समय बिताना बहुत पसंद था। एक खूबसूरत दोपहर, वह दौड़ता हुआ घर आया और अपनी माँ मारिया से उत्साह से बोला,

"माँ, मैंने एक नया दोस्त बनाया है। उसका नाम सैम है!"

मारिया, जो हाल ही में शहर की लाइब्रेरी में फुल-टाइम काम करने लगी थी, मुस्कराकर बोली,

"बहुत अच्छा एलन! अब मैं काम करूँगी और तुम आँगन में मज़े से खेल पाओगे।"

सबकुछ ठीक लग रहा था। हर रात, मारिया एलन को सैम के बारे में बातें करते सुनती थी, और उसे राहत मिलती थी कि उसके बेटे को अकेलेपन का सामना नहीं करना पड़ रहा।

"हम दोनों को एक जैसे कॉमिक्स पसंद हैं। सैम को फुटबॉल भी पसंद है। वो बहुत अच्छा गोलकीपर है," एलन अकसर कहता।

एक दिन, जिज्ञासावश मारिया ने पूछा, "तुम दोनों क्या करते हो ज़्यादातर? फुटबॉल खेलते हो?"

"नहीं, हम छुपन-छुपाई खेलते हैं।"

मारिया, जो हमेशा एक सतर्क माँ थी, बोली, "ध्यान रखना बेटा, कहीं खो मत जाना या चोट मत लगवा लेना।"

“चिंता मत करो, माँ,” एलन ने आश्वस्त किया। “सैम की एक आँख चली गई थी एक हादसे में, इसलिए वो बहुत संभलकर रहता है।”

“ओह, बेचारा...” मारिया ने सहानुभूति जताई।

अगले दिन, मारिया अपने काम पर थी। उसने रोज़ की तरह लोकल अख़बार उठाया और पन्ने पलटते हुए एक भयानक हेडलाइन पर नज़र पड़ी: “एक आँख वाला सीरियल किलर सैमुअल मनोरोग अस्पताल से भागा, ऑर्सबर्न के गॉर्डन प्लेग्राउंड के पास देखा गया।”

उसका दिल धड़कना बंद कर गया। एलन का “दोस्त” शायद कोई बच्चा नहीं बल्कि एक बेहद ख़तरनाक अधेड़ उम्र का आदमी था।

डरी हुई मारिया ने तुरंत पुलिस को कॉल किया और घर की ओर दौड़ी। वह घर पहुँची तो देखा कि एलन लिविंग रूम में बैठा था और अपने पसंदीदा कार्टून देख रहा था।

“माँ, क्या हुआ?” एलन ने पूछा, उसकी माँ के चेहरे की घबराहट देखकर।

कुछ ही देर में पुलिस घर पहुँच गई।

मारिया एलन के पास झुकी और नरमी से बोली, “बेटा, ये बताओ, सैम कैसा दिखता है?”

एलन ने मासूमियत से बताया, “उसके बाल बिखरे हुए हैं, कुछ दाँत सुनहरे हैं। सैम हमेशा हरे रंग की हुडी पहनता है और उसकी जीन्स फटी हुई होती है। और हाँ, वो आँख पर पट्टी बाँधता है—जैसे समुद्री डाकू!”

मारिया ने काँपती आवाज़ में पूछा, "सैम... तुम्हें क्या लगता है, उसकी उम्र कितनी होगी?"

"मालूम नहीं... बड़ों जैसा है। शायद 40 साल का होगा।"

मारिया का दिल बैठ गया। ये बिलकुल वही हुलिया था जो अख़बार में छपे भगोड़े अपराधी का था।

उसे खुद पर ग़ुस्सा आया कि उसने पहले कभी अपने बेटे से इस "दोस्त" के बारे में विस्तार से क्यों नहीं पूछा।

पुलिस ने तुरंत घर की तलाशी ली और फिर पूरे मोहल्ले में खोज अभियान शुरू किया। घंटों बाद, मारिया को एक कॉल आया—उन्होंने अपराधी को पकड़ लिया था।

मारया ने चैन की साँस ली।

उसी शाम, जब वह एलन को सुला रही थी, तो उसने फुसफुसाकर कहा, "अब तुम सैम के साथ नहीं खेल सकते।"

"क्या पुलिस उसे ले गई?" एलन ने उदासी से पूछा।

मारिया ने सिर हिलाया।

"पर माँ, ये कैसे हो सकता है? सैम तो बहुत अच्छा है छुपन-छुपाई में।"

उसी पल, मारिया का फ़ोन फिर से बजा। कॉल पुलिस से थी। उन्होंने ग़लत आदमी को पकड़ा था। असली अपराधी अब भी आज़ाद था।

डर के मारे मारिया का पेट मरोड़ने लगा। उसने कांपती आवाज़ में एलन से कहा, "बेटा, यहीं रुको। मैं बस सारे दरवाज़े-खिड़कियाँ बंद करके आती हूँ।"

“क्यों माँ?” एलन ने भोलेपन से पूछा।

“ताकि तुम्हारा दोस्त सैम अंदर न आ सके,” मारिया ने अपने डर को छिपाते हुए कहा।

“पर माँ...” एलन ने फुसफुसाकर कहा, “वो तो पहले से ही अंदर है—मेरे पलंग के नीचे।”

पढ़ने के लिए धन्यवाद!
क्या आपने मेरी सलाह को ध्यान में रखा? मुझे उम्मीद है कि आपने ऐसा किया होगा।
साथ ही, मुझे आशा है कि आपको ये डरावनी लघु कहानियाँ पसंद आई होंगी। अगर हाँ, तो तैयार रहिए—भाग 2 जल्द ही आ रहा है!

www.ingramcontent.com/pod-product-compliance
Lightning Source LLC
LaVergne TN
LVHW051121051026
849532LV00004BB/1620